An Leabhar Nimhe

Leabhair eile ar fáil ó Evertype

Eachtra Eibhlís i dTír na nIontas (Lewis Carroll,
aistr. Pádraig Ó Cadhla, eag. Aibhistín Ó Duibh 2014)

Cás Aduain an Dr Jekyll agus Mhr Hyde
(Robert Louis Stevenson, aistr. Conall Ceárnach,
eag. Roibeard Ó Conaing 2014)

Slí an Eolais agus Eagna an Ghaeil (Corm Ó Cadhlaigh,
eag. Aibhistín Ó Duibh, Donncha Ó Riain, Seán Ó Riain 2013)

An tSlaivéin (Panu Petteri Höglund, 2013)

An Hobad, nó Anonn agus Ar Ais Arís (J.R.R. Tolkien,
aistr. Nicholas Williams 2012)

An Leabhar Craicinn: Scéalta Earótacha
(Panu Petteri Höglund, 2012)

Cú na mBaskerville (Arthur Conan Doyle,
aistr. Nioclás Tóibín, eag. Aibhistín Ó Duibh 2012)

Sciorrfhocail: Scéalta agus úrscéal (Panu Petteri Höglund, 2009)

Lastall den Scáthán agus a bhFuair Eilís Ann Roimpi
(Lewis Carroll, aistr. Nicholas Williams 2009)

Cuairt na Cruinne in Ochtó Lá (Jules Verne,
aistr. Tadhg Ua Donnchadha, eag. Nicholas Williams 2008)

Eachtraí Eilíse i dTír na nIontas
(Lewis Carroll, aistr. Nicholas Williams 2007)

An Leabhar Nimhe

Scéalta a fuair spreagadh ó H. P. Lovecraft

Ceithre scéal le
Panu Petteri Höglund

Scéal amháin le
S. Albert Kivinen

Mathew Staunton
a mhaisigh

evertype
2014

Arna fhoilsiú ag Evertype, Cnoc Sceichín, Leac an Anfa, Cathair na Mart, Co. Mhaigh Eo, Éire. *www.evertype.com*.

An dara eagrán, Márta 2014.

Tá taifead catalóige don leabhar seo le fáil ó Leabharlann na Breataine.
A catalogue record for this book is available from the British Library.

ISBN-10 1-78201-059-9
ISBN-13 978-1-78201-059-3

Dearadh agus clóchur: Michael Everson.
Caslon agus Caslon Antique na clónna.

Maisiúcháin: Mathew Staunton.

Clúdach: Michael Everson.
Grianghraf le hAndrejs Pidjass, Ríge na Laitvia,
nejron.livejournal.com.
Grianghraf Phanu le Ruth Gaughan, Londain.
www.magpiephotographic.com.
Grianghraf S. Albert le Sami Syrjämäki, Heilsincí.

Arna chlóbhualadh ag LightningSource.

Clár an Ábhair

Réamhrá an Aistritheora

Cé go raibh suim agus saint agam i ngach cineál próslitríochta ón lá ar thosaigh mé ag léamh leabhar, na scéalta uafáis san áireamh, níor chuala mé iomrá ar shaothar H. P. Lovecraft ná ar mhiotas-eolaíocht Cthulhu ach i mo mhac léinn ollscoile dom, nuair a thosaigh scríbhneoirí Fionlainnise an tseánra ag cumadh scéalta in aithris ar Lovecraft, agus iad ag iarraidh "na Seanóirí Móra", na déithe agus na harrachtaigh a cheap an scríbhneoir, a shá isteach i bhfráma na Fionlainne idir gheograife agus chultúr. Cosúil le Lovecraft féin, rinne siad a ndícheall le ceo—ceo draíochta b'fhéidir—a chur ar an teorainn idir an réaltacht agus an ficsean trí thagairtí bréige don stair a tharraingt chucu agus áiteanna a raibh aithne acu féin orthu a lua leis na himeachtaí.

Ba é S. Albert Kivinen ceannródaí an Lovecraft-achais seo san Fhionlainn. Chaith sé na blianta fada ag léachtóireacht faoi theoiricí na fealsúnachta in Ollscoil Heilsincí, agus is leis an ointeolaíocht is mó a bhaineas a chuid taighde. Leis an bhfealsúnacht

Shasanach atá a luiteamas, cosúil le Bertrand Russell, G. E. Moore, agus C. D. Broad. Cé gur scéipteach, réasúnaí agus ábharaí é, chuir sé suim riamh i gcúrsaí neamhshaolta, ar nós piseoga, briotais agus asarlaíocht, mar cheisteanna suimiúla fealsúnachta agus eipistéimeolaíochta. Dá mbeadh a leithéid de rudaí ann agus taibhsí, vaimpíreanna nó Ollphéist Loch Nis, cén cineál fianaise agus réasúnaíochta a bheadh de dhíth lena chruthú go sásúil go bhfuil siad ann? Sin sampla amháin de na fadhbanna a ndéanfadh Kivinen a mharana orthu, agus é á nglacadh i ndáiríre. Na mic léinn a d'fhreastail ar a chuid léachtanna, ní thagadh leadrán orthu, agus is iomaí scéal greannmhar a chloisfeá uathu faoin bhfear neamhghnách seo.

Cuid den obair cheannródaíochta a rinne Kivinen le saothar Lovecraft a chur ar fáil do léitheoirí na Fionlainne é an gearrscéal úd *Keskiyön Mato Ikaalisissa*, "Péist an Mheán Oíche in Ikaalinen", a d'aistrigh mé go Gaeilge le haghaidh na díolama seo. Mionchlasaiceach de chuid an tseánra atá ann inniu, agus é léite ag gach duine san Fhionlainn ar maith leis scéalta i stíl Lovecraft. Tá imeachtaí an scéil suite san áit inar tháinig an scríbhneoir féin chun saoil, agus tagairtí ann do stair na Fionlainne: an cogadh cathartha idir na Dearga agus na Bána sa bhliain 1918, mar shampla, nó rialtas coimirce na Sualainne faoi cheannas an pholaiteora Fhionlannaigh Gustaf Adolf Reuterholm i ndeireadh na seachtú haoise déag. An pháirt atá ag Providence i ngeografie "dhúiche Lovecraft" sna Stáit, d'fhéadfá a rá go bhfuil an pháirt chéanna ag Ikaalinen inniu i dtíreolas "Cuitilíochta" na Fionlainne, de thoradh an tionchar a bhí ag scéal seo Kivinen ar an seánra san Fhionlainn.

Tháinig scéal Kivinen i gcló an chéad uair ar an Iris Portti Science Fiction sa bhliain 1987. Eagrán speisialta faoi H. P. Lovecraft a bhí ann. Sa bhliain 1990, d'athfhoilsigh an t-údar é faoi chlúdach an leabhair *Merkilliset kirjoitukset. Novelleja, artikkeleita, filosofiaa* ('Na Scríbhinní Suntasacha. Gearrscéalta, altanna, fealsúnacht'). Díolaim téacsanna le Kivinen féin a bhí ann, agus ba é an comhlacht foilsitheoireachta Pirkanmaan Kirjapaino ja Lehtikustannus a chuir i gcló é. Bhí sé ar an gceathrú imleabhar sa tsraith úd *Atlantis-kirjasto*, nó "Leabharlann Atlantais", agus mar a thuigim an scéal, tháinig na himleabhair eile ó pheann daoine a chreid sna cúrsaí neamhshaolta i ndáiríre. Tháinig an tríú foilseachán go tiubh sna sálaí ag an gceann seo. Sna blianta 1980–1992, ba nós le Cumann Réalteolaíochta na Fionlainne, nó URSA, ficsean eolaíochta a fhoilsiú as Fionlainnis, cosúil le saothar Robert A. Heinlein, Orson Scott Card nó Clifford D. Simak, chomh maith le díolamaí gearrscéalta le scríbhneoirí Fionlannacha. Sa bhliain 1991, chuir Raimo Nikkonen in eagar bailiúchán scéalta den chineál seo le scríbhneoirí éagsúla faoin teideal *Keskiyön Mato Ikaalisissa*—teideal a fuair an leabhar ó ghearrscéal Kivinen, ar ndóigh. Mé féin chuir mé aithne ar shaothar seo Kivinen nuair a léigh mé an díolaim seo.

San am sin, i dtús na nóchaidí, bhí mé ag fáil an chéad bhlas ar an nGaeilge. Na Gaeilgeoirí a raibh aithne agam orthu, bhí siad ag déanamh a ngearáin faoi nach raibh lón ceart léitheoireachta ar fáil sa teanga, agus mar sin, chinn mé ar stuif den chineál sin a sholáthar a thúisce is a bheadh an teanga foghlamtha sách líofa agam. Cuid den aisling sin ab ea Gaeilge a chur ar scéal na hollpheiste in Ikaalinen a thug an oiread sin inspioráide dúinne san Fhionlainn san am sin, agus tá bród orm é a chur os comhair léitheoirí na Gaeilge anseo, in éineacht le scéalta den chineál chéanna a chum mé féin.

Iad siúd a bhfuil aithne acu ar *Phéist an Mheán Oíche* ón Idirlíon, an chéad leagan den aistriúchán a chuir mé ar fáil deich mbliana ó shin, is dócha go mbainfidh an leagan sa leabhar seo stangadh, nó fiú mealladh, astu, nó d'éirigh mé as a bheith ag déanamh aithrise ar Ghaeilge Uladh idir an dá linn. An stíl a chleacht-aim inniu, tá sí i bhfad níos cóngaraí don Chaighdeán ná d'aon chanúint ar leith. Is amhlaidh is nádúrtha é, dar liom, nó chaith mé na blianta fada ag staidéar teanga agus béaloideas na gceantar Gaeltachta go léir, agus nuair a thosaigh na focail is na cora cainte ó na canúintí eile ag teacht chugam chomh réidh leis na cinn Ultacha i mbun mo chuid scríbhneoireachta dom, tháinig mé ar an gconclúid nach raibh an tUltachas ach ag cur srianta le mo chruthaitheacht mar scríbhneoir, agus go raibh mé sách eolach ar an teanga le mo rogha cineál Gaeilge a chleachtadh. Tá súil agam go n-aontóidh an léitheoir liom.

Panu Petteri Höglund
I dTurku dom
Oíche Shamhna 2012

Cuitiliú

Is ar éigean is féidir teacht ar aon tagairt do Chuitiliú i litríocht na Gaeilge. Ní díol iontais é sin ach an oiread. Cé go raibh manaigh na sean-Éireann sásta a bhfaomhadh a thabhairt don Fhiannaíocht agus don Rúraíocht mar chaitheamh aimsire, ní raibh siad chomh soineanta céanna i leith na Cuitilíochta. Ba é an t-ordú a fuair siad ó Dhia nó ón Eaglais ná an Phágántacht agus na cleachtais dhiabhalta a dhíothú ar fud na hÉireann, a fhad is a thiocfadh leo, agus murar aithin siad cleachtais na Cuitilíochta mar chleachtais dhiabhalta, níor lá fós é. Nó is ar a thorthaí a aithnítear an crann, agus má fuair na manaigh radharc riamh ar na torthaí uafásacha nimhe a d'fhásfadh ar chrann Chuitiliú, ní tógtha orthu é gur stoith siad fréamh dheireanach an chrainn sin lena cur trí thine.

Ina dhiaidh sin féin, ba dual d'iarsmaí na Cuitilíochta maireachtáil beo anseo agus ansiúd in Oileán na Naomh féin. Bhí a fhios ag Amhlaoibh Ó Súilleabháin i gCalainn, Co. Chill Chainnigh é, agus

1

é ag breacadh síos a Chín Lae go gairid roimh an Drochshaol. Mar is eol dúinn, tháinig dhá eagrán tábhachtacha i gcló den Chín Lae seo, eagrán cuimsitheach Mhic Craith agus an rogha a phioc Tomás de Bhaldraithe le chéile. Rinne an bheirt acu droichead de lámhscríbhinn amháin a bhaineann, gan dabht gan déidearbhadh, leis an gCín Lae, nó ba í lámh Amhlaoibh a scríobh í. Agus an méid sin ráite, ní mór cuimhneamh air gur léir ar an lorg láimhe an scaoll agus an scanradh a bhí bainte as an dialannaí, rud a bhí intuigthe go leor as ábhar na lámhscríbhinne. Uaireanta, bíonn sé dodhéanta ar fad adhmad a dhéanamh dá bhfuil le rá aige, agus scaití eile, is doiligh creidiúint a thabhairt dó.

Go bunúsach, is é an rud a tharla ná gur chuala Amhlaoibh agus a chara, "an tOllamh Leá" (is é sin, an dochtúir leighis) Pádraig Céitinn—gur chuala siad iomrá ar "éigreideamh éagsamhalta éadóchasach" timpeall ar áit a dtugtaí Aill an Diabhail uirthi. Is í an lámhscríbhinn seo an t-aon doiciméad amháin a thugas aitheantas dá leithéid d'áit, nó ní thagraíonn foinse ar bith eile d'Aill an Diabhail. Dealraíonn sé gur staon Amhlaoibh ó cheartainm na háite a lua leis na himeachtaí a bhí i gceist, nó b'fhearr leis nach gcoinneofaí cuimhne ar bith orthu. Is é an t-aon rud amháin a thig a rá le cinnteacht go raibh an áit suite i gContae Chill Chainnigh, i bhfad ar shiúl ó aon mhóráitreabh daonna eile.

Nuair a tháinig Amhlaoibh agus an tOllamh Leá a fhad leis an áit, is é an chéad radharc a chonaic siad ná cloigeann duine agus í curtha os cionn gheata mór an tsráidbhaile. Ní raibh iomlán an chraicinn tite den

bhlaosc go fóill, ach mar sin féin, bhí na cuileoga ag eitilt isteach agus amach poill na súl, agus dordán toll le cloisteáil taobh istigh. Is iomaí cineál uafás a bhí feicthe ag an mbeirt fhear roimhe sin féin, ach anois, mhothaigh siad creathnú scaoill ag teacht tríothu, agus b'éigean dóibh stad den tsiúl le bricfeasta an lae a urlacan ar thaobh na sráide.

Ní dheachaigh an scéal ach chun donais nuair a tháinig Amhlaoibh agus an tOllamh Leá isteach faoin ngeata, nó bhí an áit ar fad ina praiseach le hiarsmaí an éaga mhóir. Bhí cnámha agus blaosca daoine caite ar nós cuma liom ar fud na háite, agus úsáid an amhábhair bainte astu. Nó bhí na tithe maisithe leo, agus thairis sin, d'fheicfeá uirlisí garbhdhéanta anseo agus ansiúd—cnámha a ndearnadh tincéireacht bhocht de shórt éigin orthu. Ní raibh lorg láimhe an cheardaí oilte ar aon cheann de na hacraí scanraitheacha seo. B'fhearr a rá go raibh duine éigin nach raibh na scileanna aige ar aon nós—go raibh sé ag iarraidh an chnámh a tharla in aice láimhe a chur in oiriúint don obair a bhí ar siúl aige, agus gur chaith sé uaidh í chomh luath is nach raibh sí ag teastáil uaidh a thuilleadh, gan aird ar bith aige ar an gcéad uair eile a bheadh uirlis chosúil de dhíth air arís.

Ní raibh amhras ar bith ann: bhí na daoine ag marú is ag ithe a chéile san áit seo. Bhí a fhios ag Amhlaoibh agus ag an Ollamh Leá féin go bhféadfadh a leithéid tarlú nuair nach raibh a ndóthain bia ag na daoine. Ba é an rud aisteach a bhí ag roinnt le hAill an Diabhail ná nárbh é an t-ocras ba chúis le heipidéim na canablachta seo ar aon nós. Is amhlaidh nach ndearna aon duine iarracht na barraí a bhaint ná na ba a bhleán

ná a mharú le haghaidh bia le fada an lá. Bhí na ba
fágtha ag siúl rompu ar fud na háite, cuid acu imithe
le fiántas, cuid acu marbh de cheal freastail agus
tindeála.

Ar dtús, shíl Amhlaoibh agus an tOllamh Leá nach
raibh aon duine ina bheatha in Aill an Diabhail ní ba
mhó, ach sa deireadh, casadh dornán acu orthu, *níos
cosúla le hainmhithe aingiallta nó le diabhail dubha dorcha
ná le daoine daonna de dhéantús Dé ina ngnúis is ina
ngnás*, de réir an chur síos a thug Amhlaoibh féin orthu
ina lámhscríbhinn. Ní raibh siad ábalta abairt
intuigthe a chur i dtoll le chéile in aon teanga. Bhí
duine acu ag meangadh saobhgháire agus ag cur in iúl
don Ollamh Leá gur theastaigh uaidh labhairt leis, ach
is beag ciall a bhainfeá as an gcineál raiméis a bhí ar
siúl aige.

Rinne Amhlaoibh a dhicheall leis na stumpaí cainte
a scríobh síos a chuala seisean agus an tOllamh Leá
ag an bhfear bocht. Ba é an focal ba mhó a bhí ina
bhéal na "Cuitiliú", ach thairis sin, rinne sé tagairt do
"Cú-tú-gá" agus do "Sadógua". Thairis sin, bhí sé ag
spalpadh leis faoi na "Seanóirí Móra" nó na "Sean-
fhundúirí Móra", agus iad "ina gcodladh ag faire ar a
seal". "Íosfaidh siad sinn," a d'áitigh an fear buile,
"agus is maith an rud é, nó is méanar don té is túisce
a íosfar!" "Dar Dia," a sciorr ar an Ollamh Leá a rá,
agus má sciorr, tháinig fearg ar an iarmharán. "Diabhal
an drae Dia," ar seisean, "diabhal Dia ach Cuitiliú,
agus tiocfaidh Cuitiliú chugainn le sinn a ithe, agus is
méanar don té is túisce a íosfar! Is sine na Sean-
fhundúirí ná Críost! Is sine iad ná Dia na gCríost-
aithe!" Ansin, thosaigh sé ag labhairt i dteanga nár

thuig an tOllamh Leá ná Amhlaoibh féin, cé go raibh
idir Laidin agus Fhraincis acu sa bhreis ar an nGaeilge
agus ar an mBéarla. "Cuitiliú fa-tagh-an," a bhreac
Amhlaoibh síos ó bhéal na geilte, "Eádh Eádh
Satógua".

Go gairid ina dhiaidh sin, tháinig na húdaráis
Shasanacha go hAill an Diabhail le hiarsmaí an
"éigreidimh éagsamhalta" a chur de dhroim an tsaoil.
Chuaigh an baile go léir trí thine, agus hadhlacadh na
cnámha san áit féin. Maidir leis na daoine a bhí fágtha
ar an saol, chinn an t-oifigeach Sasanach ab airde céim
ar iad a chur chun báis ar an toirt. Ghlac sé air féin
gach freagracht as an ár seo. Ag déanamh a staidéir ar
iompraíocht na n-iarmharán dó, tháinig sé ar an
gconclúid nach bhféadfaí iad a leigheas, agus shíl sé
fosta gurbh fhéidir gur galar tógálach a d'fhág mar sin
iad. Níor mhiste, ar seisean, an saol mór a chosaint ar
an tolgadh, fiú tríd na daoine seo a mharú.

Tháinig an Drochshaol anuas ar Éirinn na blianta
beaga i ndiaidh na n-imeachtaí seo. Má mhair iarsmaí
ar bith den éigreideamh seo sa cheantar máguaird,
d'imigh siad in éineacht leis na daoine. Is féidir gur
coinníodh cuimhní fáin ar an gcanablacht a bhain le
creideamh Chuitiliú, ach má coinníodh féin, is dócha
nach n-aithneodh na daoine thar uafáis an Ghorta
Mhóir iad. Na daoine a chuala scéalta fánacha faoi
chanablaigh Aill an Diabhail, shíl siad gurbh é an
t-ocras ba chúis lena leithéid d'uafáis.

Na mearchuimhní seo féin, is deacair teacht trasna
orthu sna cartlanna bhéaloidis. Maidir le bailiúchán
Scéim na Scol, is seandeilín smolchaite é cheana féin
gurb iomaí rud tábhachtach a fágadh ar lár ansin, toisc

nach raibh na seandaoine sásta gach sórt scéalta a insint do pháistí óga. Is beag rud is fearr ná sin atá le fáil i nGaeilge, áfach. Sheachnaíodh na seandaoine cúrsaí na Cuitilíochta, fiú má bhí siad ar eolas acu. An faisnéiseoir a bhain an tsreang den mhála inniu, ba mhinic nach mbeadh sé chomh béalscaoilte amárach. Seo an méid a bhreac an seanbhailitheoir Seoirse Mac Cuarta i Mín na bPléasc:

Is beag duine a bhí in ann Gaeilge ar bith a labhairt i Mín na bPléasc san am sin, ach, mar sin féin, fuair mé aithne ar sheanfhear darbh ainm Joe Jimín Shéamuis Mhóir, nó Seosamh Ó Gallchóir. Fear thar a bheith eolach ar sheanchas an cheantair a bhí ann, mar Joe Jimín, agus é fial flaithiúil ar fad ag tál a chuid saibhris orm a thuisce is a thuig sé céard a bhí mé a chuardach san áit. Is iomaí seanscéal Gaelach a bhí ar eolas aige, agus a leagan féin den scéal aige i gcónaí, leagan a raibh iomlán an tsaibhris áitiúil d'fhocail agus de theilgeanacha cainte measctha tríd. Thairis sin, thagair sé go doiléir do scéalta nár chuala mé ag aon seanchaí roimhe sin ná ina dhiaidh sin, scéalta nár mhair ach macalla díobh ina chuimhne féin. Uair amháin, thrácht sé liom ar neach de chineál éigin darbh ainm Cutló.

SMacC: An raibh aon scéal ag na seanóirí i dtaobh dheireadh an domhain, an dóigh a dtiocfadh deireadh leis an tsaol ar fad?

JJ: Bhí an dán acu, an dán fá dtaobh de na Críocha Déanacha. Is iomaí sin duine acu a rabh sé aige.

An Leabhar Nimhe

Bhí leagan amach ag Tom Beag Thomáis Bháin ar an taobh eile den Chnocán Ghorm thall ansin, táilliúir a bhí ann bíodh a fhios agat, táilliúir a rabh an-seanchas aige, eadar sheanscéalta agus dánta, ach ansin, bhí leagan difriúil, leagan dá cuid féin ag Babaí Bhán. Seanbhean a bhí inti agus í cineál aistíoch, tá a fhios agat, bhí bealtaí dá cuid féin inti riamh, agus í faoi mhéala ó mhairbh na saighdiúirí dubha a mac, beannacht Dé ar anamnacha na marbh, is dócha go rabh a cuid céille á tréigbheáilt ó sin i leith, slán mo chomhartha. Mar sin féin, bhí an-seanchas aici, agus í á aithris léithi féin ó am go ham, agus na daoiní a bhí ag gabháil thart, ba mhinic a stad siad den tsiúl le héisteacht le scéalta Bhabaí. Bhí sí cineál aistíoch, leoga, ach bhí sí laghach comh maith, ba mhaith léithi go rabh na daoiní ag tabhairt airde ar a cuid scéalta, b'fhéidir gur mhaolaigh sé ar an phianaigh i ndiaidh bhás a mic. Bhail ansin, bhí a leagan féin de na Críocha Déanacha aici, leagan a bhí lán rudaí uafásacha. Ba mhinic a chuala mé á aithris í, ach má chuala, char fhoghlaim mé é riamh, nó chuir sé an oiread eagla orm is nach bhféadfainn m'intinn a choinneáil ar na focail agus mé ag éisteacht léithi.

SMcC: Goidé a bhí chomh huafásach sin fá dtaobh de?

JJ: Bhí an-chur síos aici ar na harrachtaigh a chuaigh i seilbh an domhain in oirchill Lá an Luain, ach i ndeireadh an scéil cha dtáinig Mac Dé ar ais. Cha dtiocfadh Sé choíche, sin é an port

a bhí aici. Cha mbeadh ach na harrachtaigh ann
i ndeireadh an domhain, agus ba é Cutló an
ceann ba chumhachtaí acu. Bhí Cutló ina luighe
i dtóin na farraige, agus é cineál marbh, ach ins
an am chéadna cha rabh sé marbh i ndáiríribh
ach ina chodladh, agus é ag fanúint le lá a aiséirí
leis an domhan a chur faoi chois agus an cine
daonna ar fad a ithe, nó na daoiní a chur ag ithe
a chéile…

Níor éirigh liom mórán eile a fháil amach faoi na
huafáis seo. Go tobann ina dhiaidh sin, thráigh
tobar na féile ar fad, nó ní raibh Joe Jimín sásta
tuilleadh comhrá a dhéanamh liom, ó bhí sé tar éis
ainm cinniúnach Chutló a lua os ard. Nuair a
chuaigh mé ar a lorg an chéad uair eile, ní bhfuair
mé ach cur ó dhoras, nó bhí an seanfhear buailte
breoite gan choinne, agus mar bharr ar an donas,
chreid a mhuintir go daingean gur mise a tharraing
an taom drochshláinte seo anuas ar an bhfear
bocht. Bhí siad den tuairim go raibh mé ag baint
fola as seancholm éigin agus ag fiosrú faoi chúrsaí
nár bhain dom ar aon nós. Sa deireadh, b'éigean
dom imeacht liom ón áit sin, agus nuair a chuaigh
an chéad duine eile ansin, fear de lucht m'aith-
eantais, nuair a chuaigh sé ag iarraidh seanscéalta
agus iarsmaí Gaeilge a chur ar pár ó bhéal na
seandaoine, bhí Joe Jimín básaithe cheana, agus
muintir na háite go léir iompaithe iontach
doicheallach roimh strainséirí. Bhí siad ag ligean
orthu féin gurbh é seicteachas reiligiúnach an
Tuaiscirt ba chúis leis an drogall seo, ach mar sin

féin, d'aithin an bailitheoir nach raibh ann ach siocair a cheap siad faoi dheifir."

Scéal eile fós nach bhfuil a fhios ag aon duine cá bhfuil a leithéid d'áit agus Mín na bPléasc. Is dócha gur logainm bréige é, cosúil le hAill an Diabhail. Fuair Mac Mhic Cuarta bás go gairid ina dhiaidh sin, agus d'fhág sé a chuid lámhscríbhinní ag a chara Proinsias Ó Conluain, ach dealraíonn sé nár bhain Proinsias mórán úsáide astu riamh, ó bhí eagla air féin roimh a mbeadh iontu.

Scairt na Réalta

Is mise Máirtín Mac Cuarta. Tá Gaeilge agam ó thaobh na dtaobhann, cé gurb i mBaile Átha Cliath a tháinig mé chun saoil agus i gcrann. Is amhlaidh a bhí m'athair ar an mbeagán a raibh Gaeilge Thír Eoghain ó dhúchas acu, agus cé nach raibh mórán measa aige ar ghluaiseacht athbheochana na teanga, bhí sé inbharúla nár mhiste dá chlann í a chloisteáil agus a fhoghlaim sa bhaile. Ba chuid d'oidhreacht ár muintire í, agus eisean ag áitiú orainn gur dual don duine gan a oidhreacht féin a chur amú. Mo mháthair, arís, ba as Ceathrú Thaidhg i nGaeltacht Thuaisceart Mhaigh Eo di, áit a raibh an teanga flúirseach go maith nuair a bhí sise ina cailín beag, agus í ag labhairt a canúna féin liom ó tháinig an chéad tuiscint agam.

Bhí cuid mhaith scéalta agus seanchais ag m'athair óna chompal dúchais, nó ba ghnách leis an gcupla cainteoir Gaeilge a bhí fágtha ansin airneán a dhéanamh i dteach a mhuintiresean. B'fhollas gurb iomaí bailitheoir seanchais nó mac léinn a thagadh ar cuairt chuige le dreas comhrá a bhaint as nó le scéalta

11

a bhreacadh síos uaidh—scéalta nach raibh ar eolas ar aon duine eile lenár lá. Ní féidir liom a mhaíomh go mbíodh m'athair as pabhar fáiltiúil roimh na cuairteoirí seo, ach dhéanadh sé a dhicheall iad a ghiúmaráil, ós fear múinte béasach a bhí ann. San am chéanna, áfach, bhí sé buartha go gcuirfeadh na cuairteoirí suim ina chuid lámhscríbhinní, na cinn a d'fhág a sheanathair féin le huacht ag a shliocht, agus iad á gcoinneáil i dtaisce i dtarraiceán an phrios faoi chlúdach dhubh a raibh slabhra timpeall air agus glas beag crochta de. Scríbhinní Gaeilge de chuid na "sinsear" a bhí ann, mar a tuigeadh domsa agus mé i mo bhrín óg, agus bhí "druagántacht"—is é sin, draíocht—iontu, mar a mhínigh m'athair dom lá de na laethanta. "Cha mbíonn ciall ar bith ag lucht na hollscoile don druagántacht," arsa m'athair, uair. "Tharrónfaidíst na seantithe anuas orainn go léir, iad féin san áireamh, dá bhfaighidíst radharc ar scríbhinní na sinsear." Nuair a d'fhiafraigh mé de, cérbh iad na "sinsir" sin, ní raibh mórán eolais le baint as mo dhuine. Níorbh iad na seanfhilí Gaeilge iad ar aon nós, ach dream ba sine i bhfad. Dream iad ba sine ná Dia féin, a dúirt m'athair liom i gcogar, agus coinnle an sceimhle ag lasadh suas ina shúile cinn.

Ní raibh muid inár gCaitlicigh róbhiogóideacha ná ró-cheartchreidmheacha, ach mar sin féin, ní droch-Aifreannaigh a bhí ionainn ach an oiread. Bhí m'athair dóchasach go maith as an gcreideamh mar fhoinse shóláis agus mhisnigh i ngleann seo na ndeor. San am chéanna, bhí de chlaonadh ann a shíleadh nach raibh an saol eile leath chomh simplí is a thugadh an reiligiún Críostaí le fios. Bhí sé barúlach agus dianbharúlach go raibh taibhsí, síofraí agus sprideanna ann, agus é, fiú, ag tuairimíocht is ag teoiriceoireacht leis féin fá dtaobh de na neacha neamhshaolta seo ar fad. An bhféadfá a bheith ina mhuinín go raibh aingil Dé ní ba láidre ná na fórsaí folaithe seo? De réir na tuisceana a bhí aige do na cúrsaí sin, ní fhéadfá, rud a chuir ceo ar a chroí, agus níor scaip an ceo sin riamh.

Nuair a d'fhiafraigh mé go lom díreach de m'athair, cén cineál ábhair a bhí sna scríbhinní, ní raibh sé ábalta míniú ceart a thabhairt. Chuir sé béim ar leith air, áfach, gur "aislingí a bhí ann de chuid an Arabaigh seo—fear mire a bhí ann go cinnte, nó chan fhéadfadh sé gan a stuaim a chailleadh i ndiaidh a leathbhreac a fheiceáilt."

Is é an chéad chiall a bhain mé as an méid seo ná gurb é an Córan a bhí ann—nó leagan truaillithe Gaeilge den leabhar sin, b'fhéidir. Bhí a fhios ag lucht na seanlitríochta Gaelaí a lán, agus cuid mhór de na seanfhilí in ann Laidin a léamh. An chéad smaoineamh a rith liom, a thúisce is a bhí mé sách sean le mo mharana féin a dhéanamh ar rún na lámhscríbhinní, ná gur tháinig duine éigin de na filí trasna ar an gcéad aistriúchán Laidine a rinneadh ar scrioptúr naofa na Muslamach, agus gur scríobh sé dán fada nó eipic le hachoimre a thabhairt ar ábhar an leabhair, de réir cibé ciall a bhain sé féin as. Mar is eol dúinn, bhí Críostaithe na linne an-doicheallach i dtaobh na gcreideamh eile, agus thiocfadh sé go nádúrtha ag duine de na seanfhilí dímheas a chaitheamh ar an gCóran mar "aislingí mire ón Araib". Nuair a thrácht mé ar an teoiric seo le m'athair, ní dhearna sé ach a chloigeann a chroitheadh ar dtús, ach ansin, d'fhreagair sé go raibh Muhamad agus Íosa araon ag iarraidh maolú ar an eagla scanrúil a bhí ar an gcine daonna go léir roimh na "sinsir". Ní raibh taise, trua ná trócaire ag na "sinsir" leis an duine, arsa m'athair; ach, san am chéanna, b'fhollasach nach seasfadh aigne an daonnaí an fhírinne fá dtaobh díobh, agus an tsuaithníocht a bhí iontu. Sin é an fáth, go díreach, go dtagadh fir mhaithe thuisceanacha dhea-chroíocha cosúil le hÍosa agus le Muhamad ar an bhfód ó am go ham le faoiseamh a thabhairt dúinn lena gcuid scéalta fá dtaobh de Dhia na Trócaire. Fir a bhí iontu a thuig fírinne shearbh na hollchruinne agus iad ag iarraidh an chuid eile den chine dhaonna a chosaint uirthi. Sin é an tátal a bhain m'athair astu agus as teagascóirí móra na reiligiún ar fad, Íosa, Muhamad, Búda, Sóróstar, luaigh do rogha duine acu.

Nuair a chuala mé an méid seo, baineadh stangadh asam, nó is léir gur eiriceacht a bhí ann ó thús deiridh, agus sin de réir gach reiligiún. Ach, san am chéanna, d'aithin mé cineál bearna nó poll taobh istigh díom: b'fhéidir go raibh an ceart ag m'athair? b'fhéidir go raibh fórsaí móra millteanacha neamhshaolta ar obair san ollchruinne agus iad ní ba láidre ná Dia de chineál ar bith—fórsaí nach raibh ag gealladh sóláis ná ag tairiscint trócaire don daonnaí?

Cé nach raibh mé—mar a dúirt mé cheana—ródhian ag teacht liom féin i dtaobh an Chaitliceachais, bhí an oiread sin den Chríostaí ionam riamh agus go bhfuair mé an smaoineamh seo doghlactha ar fad. Mar sin féin, ba deacair gan a shíleadh go raibh an eiriceacht uafásach ag luí le réasún, ar bhealach. I bhfianaise an spáis fhairsing amuigh, idir réaltaí, chuasáir agus

dhúphoill, rachadh sé rite le haon duine creidiúint i
nDia na gCríostaithe. De réir ár gcreidimh, ba é leas
an duine an chloch ba mhó ar phaidrín Dé, ach má bhí
an ollchruinne chomh fairsing forleathan is a bhí, ba
deacair glacadh leis go mbacfadh Dia—cruthaitheoir
an iomláin—mórán le cinniúint ár gcine. Má bhí
déithe ann agus iad as pabhar buartha fá dtaobh dínn,
is dócha nach déithe róthábhachtacha a bhí iontu.

Ba é ba toradh don ghéarchéim phearsanta seo ná
gur chuir mé spéis i gcreideamh na Sinsear. Mar a bhí
an scéal tuigthe agam, bhí cónaí ar na Sinsir i réaltaí
áirithe thuas ar an spéir. Mar sin, bhí baint acu leis an
ollchruinne seo againn. Níorbh ionann sin agus ríocht
Dé de réir na Críostaíochta, a bhí suite i ndomhan
neamhshaolta na n-aingeal is na ndeamhan. Le dul i
muinín Dé chaithfeá creidiúint i gcóras iomlán
dogmaí nach raibh de chruthúnas air ach an creid-
eamh féin. Na Sinsir seo, áfach, bhí siad fréamhaithe
go daingean sa domhan seo mar a mhapáil lucht na
heolaíochta é. Sin a raibh ann. D'fhéadfá glacadh le
gach ar léigh tú fá dtaobh den réalteolaíocht, fá dtaobh
den cheimic, fá dtaobh den fhisic agus fá dtaobh den
bhitheolaíocht, agus ina dhiaidh sin féin d'fhéadfá a
bheith i muinín na Sinsear. Sin é an cineál déithe a
bhí iontu.

Fuair mo thuismitheoirí bás go tobann, rud nach
raibh súil ag aon duine leis. Timpiste ba chúis leis,
mar a shíltí ar dtús, ach níorbh aon ghnáth-thimpiste
a bhí ann. Fuarthas marbh i measc iarsmaí a ngluaist-
eáin iad, ach mar sin féin, bhí rud éigin corr faoin scéal
sin. Níor bhuail siad faoi ghluaisteán ar bith eile, nó ar
a laghad, níor aithin lucht na fóiréinsice péint an

ghluaisteáin sin ar na smidiríní. Le fírinne, ní raibh a fhios beo ag na húdaráis céard a d'fháisc mar sin iad. Agus ar bhealach, d'fheicfeá a rá nárbh aon rud saolta a rinne é, ach an chinniúint. Mo chinniúint féin.

Bhí mé fiche éigin bliain d'aois agus ag iarraidh staidéar éigin a dhéanamh ar an ollscoil. A thúisce is a bhí m'athair adhlactha, chuaigh mé ar lorg pháipéir na Sinsear sa phrios. Ní raibh mé i bhfad ag briseadh an ghlais ná ag baint an tslabhra den chlúdach. Ansin, chrom mé ar an gcéad lámhscríbhinn a léamh.

Bhí an ceart agam. An creideamh a bhí leagtha síos i scríbhinní na "Sinsear", más creideamh a bhí ann, bhí sé ag cur le tuiscint na heolaíochta. Ar ndóigh, bhí a lán curtha i bhfocail go doiléir, ach mar sin féin, ba é an fhírinne dhoshéanta a bhí i gcroíleacán an iomláin. Chaith mé na laethanta fada ag léamh na scríbhinní seo agus ag déanamh mo mharana ar a raibh iontu.

Fuair mé amach faoin "Arabach" freisin. Abadulthasairíd a bhí air, nó sin é an chuma a d'fhág na Gaeil ar a ainm. Is dócha gur chuir siad as a riocht é go dona, nó nuair a chuardaigh mé ciclipéidí móra an domhain ón mBritannica go dtí an t-aistriúchán neamh-údarásach Béarla den Mhór-Chiclipéid Shóivéadach, níor tháinig mé trasna ar aon duine léannta ó ré órga an Ioslaim a mbeadh ainm cosúil air. I measc na bpáipéir, fuair mé dán fada Gaeilge i stíl na seanchaithe a bhí bunaithe ar "leabhar anamnacha na marbh" (nó b'fhéidir "leabhar ainmneacha na marbh", ní raibh mé cinnte) le hAbadulthasairíd. De réir cosúlachta bhí Laidin líofa ag an té a chum an scéal, mar a bhí ag cuid mhaith de na múinteoirí sna

scoileanna chois claí, agus leagan de leabhar an
Arabaigh léite sa teanga sin aige. Ba léir nárbh é an
Córan a bhí ann ach leabhar eile ar fad, leabhar a thug
cur síos ar dhiamhrachtaí cinniúnacha an talaimh is na
mara, an Domhain is na spéire.

Thosaigh mé ag dul ag spaisteoireacht amuigh faoin
spéir le teacht an dorchadais, agus mé ag iarraidh
radharc a fháil ar cheann de na réaltaí arbh iad áitribh
na Sinsear iad.

Ní folláin an mhaise duit bheith ag dul timpeall na
háite ag iarraidh na réaltaí a aithint thuas ar an spéir,
má tá cónaí ort i gceann de mhórchathracha an lae
inniu. Oíche amháin, agus mé ag féachaint le súil a
fháil ar an mBodach—ceann de na réaltbhuíonta a
bhíos inaitheanta fiú le solas na cathrach—thosaigh
drong de ghaigíní sráide ag aicteáil orm, agus an
chuma ag teacht ar an scéal go raibh siad meáite ar
ghreidimíní a thabhairt dom agus mo chuid airgid a
sciobadh uaim. Ansin, d'ardaigh mé mo shúile go
hinstinneach, agus ba é an chéad rud a chonaic mé ná
an Bodach. Agus rith na focail seo leanas liom i
m'ainneoin féin:

"I lár an Chreasa atá cónaí ar Chóndram."

Sin ceann de na línte ba doiléire i seanchas na
Sinsear, ach ba léir dom é anois. Bhí cónaí ar
Chóndram—cibé cérbh é féin—i réalta láir Chrios an
Bhodaigh, Alnilam. Dhírigh mé mo shúile i dtreo na
réalta, agus ansin, thosaigh mé ag spalpadh liom i
dteanga nár thuig mé féin:

An Leabhar Nimhe

Mtaq'agh gaq Khon'dorm agodach,
Vrat'agh toq Khon'dorm balonach!

Agus ansin, las an réalta sin suas mar a bheadh grian eile ann—grian nach raibh ag taithneamh ach orm féin. Chonaic mé—ní hea, ní hé a fheiceáil a rinne mé, ach é a *chéadfú*—an solas á chúbadh chuige ina chaor thine a thit anuas orm agus a chuaigh go smior ionam. D'aithin mé teas úr ag teacht i mo chuid matán, fuil úr ag sní trí mo chuid féitheog—agus nuair a chaith mé súil síos ar mo lámha, chonaic mé ag iompú iad. Bhí na méara ag dul i bhfad agus na héadaí ag titim díom, de réir mar a bhí an t-athrú seo ag teacht orm. Thit an craiceann díom le deighleoga úra folláine na dreancaide míllteanaí a nochtadh.

Nuair a d'amharc mé romham amach, chuir mé sonrú sa scanradh a bhuail na gaigíní sráide. Ní hamháin gur chuir mé sonrú ann, nó thairis sin, bhain mé sult agus subhachas as an ngnúis a tháinig ar na buachaillí. Shín mé lámh amach uaim, más lámh a bhí ann, agus nuair a rug mé ar dhuine acu, sháigh mé isteach ceann de na méara nua a d'fhás orm. Ó, an t-aoibhneas a bhí ann, níl léamh ná scríobh ná insint bhéil air! Nuair a d'ól mé chugam a chuid fola, nuair a thug mé an nimh dó a chuir a chuid féitheog, néaróg agus matán ag leá, d'aithin mé blas gach slaod is gach seicin, gach cnámh is gach cillín, agus ní raibh a leathbhreac de sháibhirne agam riamh nuair a bhí mé i mo dhuine dhaonna! Mhothaigh mé an fhuil uaine ag borradh is ag coipeadh i mo chuid artairí, agus thuig mé go mbeadh an t-aoibhneas céanna, an éagsúlacht chéanna i ngach aon duine dá raibh ag siúl dhroim an domhain. Ní bheadh le déanamh agam, go bunúsach, ach an t-adharcán a shíneadh amach leis an nimh a shá isteach.

Cibé rud a bhí fúm anois in áit na gcos, chuir sé ar mo chumas an-rith a dhéanamh, an-luas a chur faoi mo choiscéim. Ní raibh mé i bhfad ag teacht suas leis na gaigíní sráide eile ná ag fáil blais orthu. Nuair a bhí mé críochnaithe á ndíleá, tháinig an t-ocras orm arís. D'éirigh mé cineál buartha ar dtús, nó tuigeadh dom gurbh é an príomhlocht a bhí ar an riocht úr seo ná nach bhféadfainn mo ghoile a shásamh ach ar feadh soicinde, ansin bheadh tuilleadh den bhia dhaonna de dhíth orm. Ach mar sin féin, nár chuma? Bheadh mo sheacht míle sáith daoine le marú agam. Cúig mhórmhilliún ar fud an phláinéid ar fad, agus iad ag clannú leo ní ba ghasta ná mise á n-ithe.

An Leabhar Nimhe

Thiar i dtús na nóchaidí, nuair nach raibh ionam ach mac léinn ar bheagán Gaeilge agus ar fhíor-bheagáin airgid, d'fhoilsigh mé achainí ar *Anois*, seachtaineán a bhí ann san am sin, ag iarraidh ar na léitheoirí a gcuid seanleabhar Gaeilge a sheoladh chugam le cabhrú leis an bhfoghlaimeoir bocht briotach ón gcoigríoch. Níor shéan na Gaeil a ndúchas fial flaithiúil ach an oiread, nó fuair mé cuid mhaith leabhar ó léitheoirí na hirise, agus gan dabht gan déidearbhadh, ba mhór an cuidiú a bhí iontu le mo chuid Gaeilge a thabhairt chun feabhais. Fuair mé *An Giorria san Aer* le Ger Ó Cíobháin, dírbheathaisnéis Gaeltachta den chineál is fearr leat a léamh agus tú soiprithe go seascair faoi do bhlaincéad chois tine, chomh maith le *Rotha Mór an tSaoil* le Micí Mac Gabhann, an ceann is mó sceitimíní agus aicsin de na sean-dírbheathaisnéisí Gaeltachta, agus *Dialann Deoraí* le Dónall Mac Amhlaigh, croinic mhór na himirce sna caogaidí. Cé gur imigh sin le fada agus tháinig seo, creidim go bhfuil aithne an chéad lón léitheoireachta seo ar mo chuid Gaeilge i gcónaí, agus ní drochrud é ar aon nós.

Ón taobh eile de, áfach, tháinig leabhar amháin chugam nár thrácht mé uirthi go nuige seo le haon duine de lucht na Gaeilge, nó má thuigim an scéal i gceart, leabhar as an ngnáth ar fad a bhí ann. D'fhéadfá a rá, fiú, gur leabhar a bhí ann a d'fhéadfadh cor gan a leithéid eile a chur i gcinniúint an chine dhaonna go léir.

Fuair mé an leabhar seo tríd an bpost, cosúil leis na bronntanais eile den tsaghas seo. Ní raibh ainm an tseoltóra le léamh ar an gclúdach litreach, ná litir ar bith istigh—ní raibh ansin ach an leabhar féin. Leabhar dubh a bhí ann nach raibh léaráid ná maisiúchán ar bith uirthi ar an taobh amuigh—ní raibh ann ach an teideal féin, agus é litrithe i gcló mór buí:

AN CHUITILÍOCHT.

Bhuel, chaithfeadh sé gur foilseachán réasúnta nua a bhí ann. Dá mbeadh seancheann ann, is dócha gurbh é **ᚐᚅ ᚉᚒᚔᚈᚔᚂᚔᚔᚃᚓᚐᚉᚈ** an litriú a bheadh ann. Ach, cad é an rud a bhí i gceist leis an gCuitilíocht? Chuala mé iomrá ar an bhFiannaíocht, ar an Rúraíocht agus ar an Artúraíocht féin, ach aitheantas nua ar fad a bhí sa Chuitilíocht seo. Chaith mé spléachadh ar fhoclóirí an Dálaigh agus an Duinnínigh, ach ní raibh gar ann—níor luadh an Chuitilíocht iontu, ná focal ná tamhan focail a bhí cosúil léi.

Nuair a chrom mé ar an leabhar a léamh, bhí súil agam le gníomhartha gaisce agus laochais i stíl na

23

seanscéalta Gaelacha. Ach ní mar a shíltear a bhítear. Cineál briotaise a bhí sa Chuitilíocht. Seo duit cúpla sampla as an ábhar a fuair mé ansin:

Is é CUITILIÚ an ceann is sine de na Seanóirí Móra, agus má fuair sé bás, ní fás buan a bhí ann nach bhfágfadh cead athfháis aige, agus tiocfaidh Sé ar ais nuair a bheas na seanréaltaí san áit cheart...

Déan do staidéar ar dhromchla an uisce, a Léitheoir, agus ná creid go mbeadh a fhios ag an daonnaí na neacha is na harrachtaigh a bhfuil cónaí orthu sa saol fliuch fuar istigh. Le fírinne, ó thosaigh an t-am ar dhroim an domhain, bhí treibheacha ann agus iad ag streachailt a saoil thíos ansin, treibheacha nár chuala ach an fear is sine de na hiascairí corrthagairt dóibh, tagairt nach cuimhin leis ach go doiléir, agus is amhlaidh is fearr do shuaimhneas a intinne féin...

Nuair a thiocfas tú isteach i gceann de na cathracha úd, feicfidh tú na tithe is faide uait in aice leat, agus na tithe is cóngaraí duit is ar éigean a aithneos tú iad chomh beag bídeach is a fheicfear duit iad, agus nuair a shínfeas tú do lámh uait, ceapfaidh tú go bhfuil sí taobh istigh san áit a bhfuil sí taobh amuigh, agus an solas féin á chamadh is á chuarú...

An Leabhar Nimhe

Dháiríre píre, ní raibh an Chuitilíocht seo cosúil le miotais na nGael ar aon nós ná slí! Agus, leis an bhfírinne a rá, bhainfeadh na scéalta seo scanradh gan a leithéid asat. San am sin, bhí cónaí orm in árasán beag cúng i mbloc áitribh do na mic léinn, agus crann ag fás taobh amuigh den fhuinneog ionas go mbuailfeadh an chorrchraobh faoin bpána ó am go ham le géarú na gaoithe. Anois, agus na scéalta seo ag dul trí m'intinn, chonacthas dom go raibh cuma nua ar an gcrann—cuma bhagrach, fiú. Nuair a d'ardaigh mé súile mo chinn ón leabhar, baineadh stangadh asam, nó shíl mé ar feadh soicinde go raibh arrachtach éigin amuigh ansin ag faire orm. Thairis sin, ba dóigh liom go raibh an lá ag diúltú dá sholas roimh ré, agus las mé an lampa léitheoireachta os cionn mo leapa. Nuair a bhuail solas an lampa sin leathanach an leabhair, tháinig loinnir nó breo aisteach ann, díreach mar a bheadh an páipéar ag ól fuinnimh ón solas, á choinneáil istigh ar feadh soicinde agus á astú ar ais. Cad é an cineál ábhair as a raibh duilleoga an leabhair sin déanta? Ní gnáthpháipéar a bhí ann ar aon nós.

Le fiche focal a chur in aon fhocal amháin, ba dóbair dom dul ar mire le teann sceimhle, fad is a d'fhan mé ag léamh an diabhal leabhair sin. San am chéanna, ní raibh mé in ann an t-ábhar léitheoireachta seo a chur uaim. Ba nós liom í a iompar liom gach áit agus cromadh ar í a léamh a thúisce is a bheadh nóiméad ama agam. D'aithin lucht m'aitheantais orm chomh maith nach raibh mé ceart go leor a thuilleadh. Dúirt an tOllamh le Rúisis liom go raibh mé chomh mílítheach leis an mbás féin, agus í ag fiafraí díom go buartha, an raibh leoicéime nó an fiabhras buí orm.

An Leabhar Nimhe

Nuair a d'fhreagair mé nach raibh mé ach scanraithe ag mo chuid léitheoireachta Gaeilge, dúirt sí go raibh sé ráite aici go minic roimhe sin féin nach raibh mé ach ag cur amú ama agus ag dul ar strae le mo chuid Gaeilgeoireachta, agus gur chóir dom filleadh ar scéalta Solzhenitsyn faoi champaí géibhinn Stailín, ó nach bhfuair mé iad leath chomh scanrúil leis an leabhar Gaeilge sin. Tarcaisne a bhí ann, is dócha.

Bhí an ceart aici, áfach. Tar éis an tsaoil, agus mé ag déanamh mo staidéir ar léann na Gearmáine agus na Rúise, léigh mé gach aon leabhar dár casadh in aice láimhe agam faoi uafáis an dá mhórchóras ollsmachta, idir Chumannachas agus Naitsíochas. Shílfeá nach gcuirfeadh sceimhlí an tsaoil seo ná an tsaoil eile isteach ná amach orm a thuilleadh, i bhfoirm leabhair ar a laghad. Mar sin féin, bhí draíocht éigin—nó marbhdhraíocht, b'fhéidir—ag baint le leabhar na Cuitilíochta nach bhféadfainn neamhshuim a dhéanamh di.

D'fholaigh mé an leabhar áit nach bhfaighinn radharc uirthi i m'ainneoin féin, agus rinne mé mo dhicheall Cuitiliú agus an Chuitilíocht a ligean i ndearmad. Níor éirigh liom an leabhar a ruaigeadh as mo smaointe, áfach.

Lá de na laethanta bhí mé ag dul liom i mbun mo mhachnaimh mar ba dual dom. Ní raibh mé ag tabhairt aird ar bith ar a raibh ag titim amach i mo thimpeall, rud nach mbíonn críonna ná ciallmhar faoi bhuaic-am an tráchta, ar ndóigh. Ba dhóbair dom go mbuailfeadh gluaisteán mé, ach, ar ámharaí an tsaoil, bhí póilín ann a rug greim orm ar an nóiméad deireanach. Sciob sé leis mé as bealach an ghluaisteáin sula raibh a fhios agam féin cad é a bhí ar siúl.

Fear meánaosta ab ea an póilín, agus féasóg dhruidte air. Fuair mé íde bhéil uaidh faoi chomh dearmadach is a bhí mé i leith an tráchta—b'fhearr dom súil a chaitheamh romham sula rachainn ag trasnú na sráide, agus ba nós iad a thrasnú áit a raibh trasrianta síogacha agus soilse tráchta ann, dála an scéil. Cad é a bhí chomh spéisiúil sin, agus mé ag smaoineamh air nuair ba chóir dom a bheith ag seachaint na ngluaisteán?

"Leabhar," arsa mise. "Leabhar a tháinig chugam ó Éirinn. Níl ainm an údair uirthi, ach tá sí lán scéalta aisteacha uafáis."

Ní shílfeá gur fear mór leabhar a bheadh i bpóilín, ach ní mar a shíltear a bhítear. Nuair a luaigh mé an leabhar leis an bhfear seo, tháinig athrú goice air ar an toirt.

"Leabhar scéalta uafáis gan ainm an údair, a deir tú? Ó Éirinn?"

"Is ea," arsa mise, "tá mé ag foghlaim na Gaeilge, tá a fhios agat, an teanga a bhí á labhairt ag muintir na hÉireann sula bhfuair an Béarla an lámh in uachtar. Bíonn Éireannaigh ag seoladh a gcuid seanleabhar chugam le cabhrú leis an bhfoghlaimeoir. Cé nach bhfuil an teanga ó dhúchas ach ag mionlach beag inniu, bítear á staidéar agus á saothrú go fairsing ar fud an oileáin, an Tuaisceart san áireamh." Ba mhinic a fuair mé an cheist, cad é an rud a bhí sa Ghaeilge ar aon nós, agus mar sin, sciorr an phaidir chapaill uaim beagnach i m'ainneoin.

An Leabhar Nimhe

Níor tháinig ach tuilleadh suime ag an bpóilín nuair a chuala sé gur leabhar Gaeilge a bhí i gceist. "Bím féin ag bailiú leabhair, mar chaitheamh aimsire, agus is iad na scéalta uafáis is fearr liom, Poe, Dunsany, Bram Stoker, ábhar den chineál sin. Níl focal Gaeilge agam féin, ach is éard a chuala mé go bhfuil litríocht shuimiúil sheanársa ann sa teanga sin. Is mise Sergei Susi, dála an scéil," ar seisean, agus é ag síneadh a dheasóige chugam le go gcroithfinn lámh leis.

Bhí mé breá sásta le chomh lách is a d'éirigh an póilín, agus chuir mé mé féin in aithne dó. "Panu Höglund atá ormsa," arsa mise.

"Bhuel, mura miste, ba mhaith liom radharc a fháil ar an leabhar. An bhfuil a fhios agat cá bhfuil an Caifé Liteartha? Is féidir linn an leabhar a chardáil ansin nuair a bheas mé saor ó mo chuid oibre."

Ó bhí mé i mo sheanghnáthóir sa chaifé sin, ní raibh moill ar bith orm coinne a shocrú ansin. Chinn muid go mbeadh teagmháil againn sa chaifé tráthnóna, an lá arna mhárach.

Bhí mé ag fanacht leis an bpóilín leathuair roimh an am, agus an leabhar sa mhála liom. Cheannaigh mé cupán caife agus briosca de shórt éigin, agus chrom mé ar nuachtáin an lae a léamh, ach sa deireadh, tháinig Sergei. Bheannaigh sé dom, agus thosaigh muid ag comhrá.

Níorbh é Sergei Susi a fhíorainm, ach tháinig sé chun solais gurb é sin an t-ainm ar a n-aithneodh an chuid ba mhó de lucht a aitheantais é. Faoin ainm sin a d'fhoilsíodh sé a chuid scríbhinní in iris na leabharbhách. Ní raibh sé ródhoirte don ainm a fuair sé nuair a chuaigh tonn a bhaiste air, nó ní raibh ann ach ceann

de na gnáthainmneacha Fionlannacha a ndéanfá
dearmad díobh chomh túisce is a chluinfeá iad. Sergei
Susi, áfach, sin ainm a ghreamódh!

"Dúirt tú gur tháinig tú ar an ainm 'Cuitiliú' sa
leabhar."

"Tháinig. Ainm é nach bhfuil baint dá laghad aige
le miotaseolaíocht na hÉireann mar is eol dom é. Tá
a leithéid ann agus Bricriu—cineál iarraim cúis é
cosúil le Loki ag na Lochlannaigh, mar a tuigeadh an
scéal dom—ach níor casadh Cuitiliú orm in aon
díolaim bhéaloidis ná sna leaganacha caighdeánaithe
den mhiotaseolaíocht. An bhfuil a fhios agatsa, mar
sin, céard is brí le 'Cuitiliú' nó cé dó a dtagraíonn sé?"

"Bhuel," arsa Sergei, "is é an rud a cheapaim féin
gur leagan truaillithe é de 'Cthulhu'."

"*Cthulhu*? Cad é sin?"

"Nuair a chuala mé iomrá ar Cthulhu an chéad uair,
shíl mé nach raibh ann ach seafóid de chuid scoil
scríbhneoirí uafáis ó na Stáit Aontaithe. An chéad
duine a luaigh Cthulhu, Lovecraft a bhí air, Howard
Phillips Lovecraft… "

"An fíorshloinne é?" arsa mise. "Shílfeá gur ainm é
ar shiopa pornagrafaíochta."

Tháinig gáire ag an bpóilín. "Fíorshloinne é go
bhfios dom. Aonarán a bhí ann agus nósanna is nóisin
sheanfhaiseanta aige, agus ní raibh de chuideachta
aige ach na leabhair ársa ar tháinig sé trasna orthu i
leabharlann a mhuintire. D'fhoghlaim sé, fiú, Béarla
na hochtú haoise déag a chleachtadh ina chuid
scríbhinní agus é barúlach gurbh é sin fíorchaighdeán
na teanga."

An Leabhar Nimhe

"Bhuel, dealraíonn sé gur leabharbhách gan a leithéid eile a bhí ann."

"Go deimhin. Anois, is é an scéal go raibh sé ag tagairt do 'mhiotas Cthulhu' go minic ina chuid scríbhinní, agus na scríbhneoirí óga a chuir suim ina shaothar, bhí na tagairtí céanna acusan. Ar dtús, agus mé féin ag léamh a chuid scríbhneoireachta, shíl mé nach raibh i gceist leis an miotas seo ach cumadóireacht is ceapadóireacht ó pheann Lovecraft. Ach ansin, fuair mé aithne ar Joose-Alfred Kivelä, agus tháinig athrú tuisceana agam ar na cúrsaí seo."

"Joose-Alfred Kivelä? Fan nóiméad... nach eisean an t-ollamh le fealsúnacht in Ollscoil Heilsincí a bhíos ag plé le ceisteanna onteolaíochta?"

"An fear céanna. Ní hamháin gur fealsamh onteolaíoch é, nó tá sé ar an saineolaí is mó san Fhionlainn ar mhiotas Cthulhu."

"Agus é den tuairim go bhfuil níos mó i gceist leis an miotas ná scéalta a chum Lovecraft?"

"Sin go díreach. Rinne sé taighde ar bhéaloideas a cheantair féin agus tháinig sé trasna ar a lán nach féidir a chiallú gan dul i muinín na scéalta faoi Cthulhu. Eisean a chuir ar lorg leabhair faoi Cthulhu mé an chéad uair. Tá a fhios agat, is iomaí tagairt a rinne Lovecraft do sheanleabhair agus do shean-lámhscríbhinní faoi Cthulhu, agus is í an cheist mhór anois, cé acu a bhí na leabhair seo ann ar aon nós, nó nach raibh iontu riamh ach maisiú stáitse do na himeachtaí i scéalta an scríbhneora."

"Ar tháinig sibh riamh ar chóip d'aon cheann de na leabhair seo?"

"Bhuel, caith súil air seo," a dúirt Sergei. Thug sé fótachóip dom, leathanach liath a raibh na focail seo le léamh air:

"Eine kurze und konzise Abhandlung von ver-botenen, untersagten, fernländischen, überseeischen, merkwürdigen, ausserirdischen, ausserweltlichen, erschrecklichen, unmenschlichen, todgeweihten, tod-bringenden, unterirdischen, unterseeischen, unge-heuren, weltenzerstörenden, ewigzerstörerischen, ewigkeitsüberdauernden, geheimgehaltenen, geheim-zuhaltenden, verheimlichten, verborgenen—" (agus a lán aidiachtaí eile i nGearmáinis) "—und gar *unaus-sprechlichen Kulten*".

Ba é sin teideal an leabhair, agus ba teideal é a raibh toirt agus téagar ann. Agus, déanta na fírinne, mar is dual d'fhear na ceirde, rinne mé caighdeánú áirithe ar an nGearmáinis ar mhaithe leis an duine a bhfuil an teanga nua-aimseartha aige—"Culten" seachas "Kulten" a bhí ann i ndáiríre, agus bhí "erschreck-lichen" litrithe mar "erschröcklichen". Bhí an teideal clóbhuailte mar a bheadh pirimíd ann, agus ba iad an dá fhocal deireanacha dúshraith na pirimíde.

"Bhuel," arsa mise, "sin é an cineál teideal a d'fheicfeá ar leabhar Gearmáinise ó ré an Bharóc-achais."

"Sin é é," a d'aontaigh Sergei. "Fear darbh ainm Friedrich Wilhelm von Junzt a bhreac síos é, ach is dócha go raibh sé ar shlí na fírinne cheana nuair a tháinig an leabhar i gcló an chéad uair, sa bhliain 1839 in Düsseldorf. Chuaigh Joose-Alfred ar lorg eolais faoin scríbhneoir, agus tháinig sé ar an gconclúid nach raibh Junzt go bunúsach ach ag athfhoilsiú ábhair ó

An Leabhar Nimhe

fhoinsí Gearmáinise ba sine i bhfad. Bhí Joose-Alfred barúlach, fiú, go raibh cuma ní ba seanársa ar an teanga ná mar a shamhlófá le leabhar ón naoú haois déag. Tú féin, an bhfuil Gearmáinis mhaith agat?"

Mhothaigh mé aoibh bheag gáire timpeall mo liopaí nuair a d'fhreagair mé: "Is é an léann Gearmánach an príomhábhar staidéir atá agam ar an ollscoil, agus le fírinne, bhí an teanga go líofa agam sular tháinig mé a fhad leis an ollscoil ar aon nós."

"Gleoite ar fad!" ar seisean. "Ba chóir duit dreas maith comhrá a dhéanamh le Joose-Alfred, nó is tusa fear a dhiongbhála. Lá de na laethanta tiocfaidh sé ar cuairt anseo, agus má thig liom, cuirfidh mé in aithne dá chéile sibh. Ach anois, bainimis lán ár súl as an leabhar sin agatsa. Tá sí leat, nach bhfuil?"

"Cinnte le Dia," a d'fhreagair mise. Thum mé mo lámh dheas sa mhála agus rug mé ar an leabhar. Sheachaid mé chuige í, agus ba santach a ghlac sé léi uaim, díreach mar a shamhlófá le fear arbh iad na seanleabhair for agus fónamh a shaoil.

Nuair a fuair sé greim ar an leabhar, baineadh stangadh as. Chaith sé súil isteach anseo agus ansiúd, agus é ar bharr amháin creatha. Ansin, labhair sé, agus é chomh mílítheach san aghaidh le marbhán a bheadh ina luí faoi leac oighir:

"Dúirt tú liom gur leabhar Gaeilge ó Éirinn a bhí ann."

"Dúirt, muis," a d'fhreagair mé. "Seo í go díreach an leabhar a bhí i gceist agam. Ní fhéadfainn aon cheann eile a thabhairt liom ina hainriocht, nó is leabhar ar leith í, agus choinnigh mé i dtaisce in áit speisialta í go nuige seo."

An Leabhar Nimhe

"Bhuel," a dúirt Sergei liom i ndiaidh tamall fada tosta a dhéanamh, "más Gaeilge atá anseo, ní raibh a fhios agam go raibh gaol chomh dlúth seo ag an teanga sin leis an bhFionlainnis." D'oscail sé amach an leabhar agus thaispeáin sé na leathanaigh dom. Ar dtús shíl mé gur Gaeilge a bhí ann, ach ansin, thosaigh an teanga ag luainiú idir eatarthu, agus sa deireadh, Fionlainnis a bhí ann. Níor athraigh méid na litreach, ná a gclófhoireann, ach tháinig teanga in ionad teanga eile.

Maidir leis an leagan Gaeilge, bhí an téacs ag cloí leis an gcaighdeán nua-aimseartha, agus ní raibh a dhath ann a thabharfadh leid duit i leith chanúint an údair. Le fírinne, nuair a léigh mé féin an chéad dreas den leabhar, chuir sé iontas orm nach raibh iarsmaí aon chanúna ann—ná fiú an cineál Béarlachais a d'fheicfeá ag na scríbhneoirí Galltachta. Ar ndóigh, bhí an teanga saibhir, lán leaganacha cainte ó theanga na seanchaithe Gaeltachta, ach tríd is tríd, shílfeá gur róbat nó ríomhaire a scríobh an leabhar, seachas aon duine daonna.

Sin é an chuma a bhí ar an bhFionlainnis freisin. Bhí an scríbhneoir ag tabhairt airde ar na moltaí deireanacha ó lárionad pleanála na teanga. Mar a bhí an leabhar scríofa, chuaigh na focail i bhfeidhm ort go míthrócaireach ar fad. Ba é seo an fhírinne shearbh, a cheapfá, agus ní raibh sciath chosanta ar bith idir thusa agus an fhírinne sin.

Díreach nuair a bhí mise ag grinndearcadh ar na leathanaigh a chuir Sergei os comhair mo shúl, chuala muid guth fir a rá as Fionlainnis, agus blas beag iasachta ar a chuid cainte:

34

An Leabhar Nimhe

"O bhuel, cá bhfuair sibh leabhar i mo theanga dhúchais féin?"

D'ardaigh mé mo shúile ón leabhar agus chonaic mé fear ard maorga gorm ina sheasamh i m'aice. Ba léir gurbh eisean a labhair. Níor tháinig an chaint ar ais agam ach i ndiaidh chúpla soicind. Ansin, d'fhreagair mé:

"Gabh mo leithscéal, a dhuine uasail, ach tá tú sa mhícheart. Leabhar Fionlainnise atá ann."

Chaith an fear súil ar an leabhar, agus baineadh mealladh as. "Tá an ceart agat," ar seisean, "Fionlainnis atá ann. Ach ar feadh soicinde, tá's agat, shíl mé gur Amairis a bhí ann."

"Is as an Aetóip duit, mar sin?" arsa Sergei.

"Is Aetópach mé go deimhin," arsa an fear gorm de ghuth dhomhain a raibh mórtas áirithe cine le haithint air, "agus mise i mo chónaí anseo le cúig bliana anuas." Chroith sé a ghuaillí. "Bhuel, is cuma, ach d'fhéadfainn an leabhar a thabhairt gur Amairis a bhí ann. Tá ár n-aibítir féin againn tá's agaibh, agus chreid mé go daingean gur aithin mé í." Ansin, d'fhág sé slán againn agus d'imigh leis.

"Gaeilge, Fionlainnis, Amairis," arsa mise. "Tá gach aon duine ag aithint a rogha teanga ar an leabhar sin."

"Shíl mise gur Fionlainnis a bhí ann," arsa Sergei, "agus Fionlainnis a bhí ann. An fear sin, chonaic seisean na litreacha Amairise ann ar dtús, ah nuair a chuala sé a mhalairt uainn, d'athraigh a bharúil."

"Fuair mise leis an bpost é," arsa mise, "agus ó bhí súil agam le leabhar Gaeilge, shíl mé gur Gaeilge a bhí ann."

Anois, thug Sergei faoi deara an t-ábhar aisteach as a raibh na duilleoga déanta.

"Ní gnáthpháipéar atá ann," ar seisean. I bhfianaise na miorúilte a bhí díreach feicthe againn, agus an leabhar ag athrú teanga de réir an duine a bhí ag amharc uirthi, phléasc scotbhach gáire orm nuair a chuala mé na focail sin á rá ag Sergei. B'fhéidir go raibh mé ag dul le histéire agus a leithéid de gheit bainte asam. Ansin, áfach, chloígh mé an gáire agus labhair mé go stuama:

"Ní hea muis. Shílfeá go nglacann an t-ábhar sin fuinneamh an tsolais chuige ar feadh nóiméid, agus é á astú uaidh arís i gceann tamaill. B'fhéidir go mbeadh míniúchán eolaíoch ann."

Míniúchán eolaíoch mo thóin! B'fhollas nach raibh mé ach ag iarraidh mé féin a thabhairt chun suaimhnis. Dá mbeadh na leaganacha éagsúla le feiceáil ar uillinneacha éagsúla solais, b'fhéidir go mbeadh saineolaí optaice in ann an feiniméan a mhíniú. Scannáin as ábhar seang fíneáilte fáiscthe go tiubh teann ar a chéile, cuir i gcás, agus leagan i dteanga eile clóbhuailte ar gach ceann acu, b'fhéidir. Ach anois, bhí gach duine ag feiceáil leagan den leabhar sa teanga a raibh súil aige léi, nó sa teanga a bhí sé in ann a léamh.

Rud eile fós, bhí geasa de chineál éigin ag baint leis an scéal seo, nó ní raibh mise in ann an Ghaeilge a chur ar ais ar an leabhar. Fionlainnis uile go léir a bhí ann anois, diabhal an drae teanga eile, agus sin a raibh de. Mar sin, ní raibh fiúntas ar bith fágtha ann mar áis foghlama Gaeilge, agus nuair a d'iarr Sergei iasacht an leabhair orm, fuair sé a mhian uaim faoi chroí mhór mhaith. Le fírinne, d'fhéadfá a rá gur tháinig samhnas orm leis an leabhar nuair a d'athraigh sí teanga, ach san am chéanna, chuir Sergei an dá oiread sainte inti. Nó b'fhéidir gurbh í an leabhar féin a fuair blas ar Sergei?

"Is féidir leat do rogha rud a dhéanamh leis an leabhar," arsa mise, "nó dealraíonn sé nach bhfuil Gaeilge ar bith ann a thuilleadh." Ba léir go raibh taitneamh mór tugtha ag Sergei don leabhar, nó thál sé a bhuíochas orm óna chroí amach, nuair a chuala sé go raibh mé sásta í a bhronnadh air.

Ina dhiaidh sin, rinne mé staidéar dian ar na leabhair Ghaeilge a bhí agam go fóill i ndiaidh dom an ceann diamhair a thabhairt uaim. Ó bhí mo chroí sáite sa teanga san am sin mar atá inniu, ní raibh moill orm dearmad a dhéanamh de scéal an leabhair aistigh. Lá de na laethanta, áfach, fuair mé litir ó Sergei, agus í bun os cionn ar fad le cuntanós stuama an fhir a casadh orm roimhe sin:

A Phanu, a chara,

Tháinig Joose-Alfred ar cuairt chugam leis an leabhar a léamh is a phlé. Is éard a deir sé gurb í an Leabhar Nimhe atá ann, leabhar a cuireadh i gcló an chéad uair sa Chathair gan Ainm, i dtír a chuaigh de dhroim an domhain sular tháinig an cine daonna féin i gcrann i gceart. Tá a leithéidí de leabhair ann agus Necronomicon nó Unaussprechlichen Kulten, agus iad ag tabhairt cur síos ar dhiamhrachtaí na ndéithe is na neachanna a bhí ann roimh theacht an daonnaí, ach má tá féin, níl iontu siúd ach athleaganacha uireasacha den cheann seo. Is éard atá againn anois ná an Bunleabhar,

An Leabhar Nimhe

an Leabhar Nimhe, a bhfuil na leabhair úd eile bunaithe uirthi, agus anois, tá Joose-Alfred agus mise leis an nimh a bhaint den leabhar agus sinn ag cromadh ar na rúndiamhrachtaí ar fad a nochtadh…

Bhí mo dhuine ag spalpadh leis ar an téad seo leathanach i ndiaidh leathanaigh, duilleog i ndiaidh duilleoige, ach, ar dhóigh éigin, chuaigh an tseafóid seo chun leadráin orm, díograiseach is uile mar a bhí Sergei nuair a bhreac sé síos an litir. Le fírinne tuigeadh dom as an bpaidir chapaill sin go léir nach raibh sé ach ar thóir baoise agus nach bhfaigheadh sé maith ar bith as a raibh idir lámhaibh aige. San am chéanna, chéadfaigh mé go hinstinneach go raibh Sergei ar shlí a chinniúna anois agus nach bhféadfainn é a stopadh. Níl a fhios agam cén fáth ar bhain an litir mothúcháin den tsaghas sin asam, ach nuair a bhain, ba dóigh liom gurbh é sin an rud ba nádúrtha a rithfeadh leat.

Tamall éigin ama ina dhiaidh sin—dhá sheachtain, is féidir—tháinig beirt phóilíní ar cuairt chugam le ceisteanna a chur orm. B'amhlaidh a chuaigh ceal i Sergei agus ina chara Joose-Alfred Kivelä. D'imigh siad leo gan tásc gan tuairisc, agus ós duine acu féin a bhí i Sergei, bhí na póilíní an-chorraithe faoin scéal. Ar dtús, chuir siad cuma an drochamhrais orthu féin liom, ach ó thuig mé a gcás, d'imigh aghaidh a gcraois díobh go luath. Thug siad aird mhaith ar mo chuid focal nuair a d'inis mé dóibh gach a raibh ar eolas agam.

Bhuel, ar ndóigh, dá dtráchtfainn ar an leabhar a bhí ag athrú teanga, ní chreidfeadh na póilíní leathfhocal uaim. Mar sin, ba é an leagan de na himeachtaí a chuala siad uaim ná gur leabhar Fionlainnise a bhí ann ó thús báire, seanleabhar ba suim le Sergei. Bhí a fhios ag na póilíní an dúil nimhe a bhí ag a gcara i seanleabhair, agus mar sin, níor bhac siad leis an iomarca ceisteanna a chur faoin gceann seo. Thug mé dóibh an litir a fuair mé ó Sergei, agus ansin, d'fhág siad slán agam. Níor dhorchaigh siad mo dhoras ina dhiaidh sin arís.

Fir iomráiteacha ab ea Sergei agus Joose-Alfred i measc chairde na leabhar agus an fhicsin eolaíochta sa tír seo, agus nuair a cailleadh ar bhealach chomh dothuigthe sin iad, scaoileadh scód le gach uile shórt ráflaí agus luaidreán. Ádhúil go leor ní bhfuair aon duine amach riamh faoin mbaint a bhí agamsa leis na himeachtaí. Bhí aithne ag Sergei ar uasal is ar íseal i d'Turku, idir phóilíní agus chiontóirí, idir mhic léinn agus ollúna. Ní raibh a fhios ag aon duine eile seachas mise agus na póilíní cé uaidh a bhfuair sé an leabhar. Déanta na fírinne bhí a lán daoine barúlach gur bás cineál rómánsúil a bhí ann, an cineál bás ba chuí is ba dual don leabharbhách, más leabhar a rinne a chabhóg.

Maidir leis an Leabhar Nimhe féin, d'imigh sí chomh maith leis an mbeirt fhear, agus níor chualathas iomrá ar bith uirthi tar éis an scéil aistigh seo.

Péist an Mheán Oíche in Ikaalinen

Gearrscéal a fuair spreagadh ó Lovecraft le
S. Albert Kivinen

Do H. P. Lovecraft *ad maiorem Cthulhus gloriam*

> O Rose, thou art sick!
> The invisible worm
> That flies in the night,
> In the howling storm,
>
> Has found out thy bed
> Of crimson joy,
> And his dark secret love
> Does thy life destroy.
>
> —William Blake

An chéad chaibidil

Uafás Oileán Ruutinkari

Ó chuaigh corradh is fíche bliain thart ón bpléasc rúndiamhar úd in Oileán Ruutinkari in Ikaalinen, tá sé thar am agam na fíricí a ríomh is a reic mar is cuimhin liom iad. Tuigim go bhfaighidh sibh mo scéal sách dochreidte, agus is minic dom féin amhras a chur ann. Ón taobh eile de, bhí páirt sna himeachtaí sin ag mo chara nach maireann, a bhí ina léachtóir le rúnchróineolaíocht in Ollscoil Sualainnise na Fionlainne, agus é ar duine de na daoine is stuama de lucht m'aitheantais, bíodh is go raibh a bhealaí féin ann. H. Herbert Bladh ab ainm dó. Ní minic a tharraingímis scéal Ruutinkari orainn mar ábhar cainte, áfach, nó b'fhearr linn dearmad a dhéanamh de, a fhad is a d'éireodh linn. Má tá craiceann fírinne ar bith ar a chuid teoiricí, caithfidh sé go bhfuil contúirtí dochuimsitheacha ag bagairt ar an gcine daonna…

Is dócha gur cuimhin le cuid de na léitheoirí na ráflaí aisteacha a chuir pléasc Ruutinkari i Mí Feabhra den bhliain 1965 ag imeacht. Cuireadh an cheist, fiú, an raibh Arm na Fionlainne ag féachaint le buamaí adamhacha a fhorbairt is a thástáil i ndiúnas ar chonradh na síochána leis an Aontas Sóivéadach. Níl mé cinnte an fíor é, ach deirtear gur chuir an

41

tUachtarán Kekkonen féin deireadh giorraisc leis an gcineál seo iriseoireachta le litreacha feargacha chuig eagarthóirí na nuachtán ba mhó sa tír.

Chaith mé féin cupla bliain i mo chónaí in Ikaalinen roimh dheireadh na ndéagaí is dhá scór agus fuair mé ballaíocht aithne ar an áit. Más áit dheas saoire í inniu féin, b'áille agus ba deise faoi sheacht í san am sin. Tá an chathair bheag suite i ros talún, agus uiscí an locha úd Kyrösjärvi á timpeallú ón trí thaobh. "Is é Ikaalinen an baile margaidh is sine, is lú agus is áille ar fud na Fionlainne," a deireadh muintir na háite go bródúil. Taobh amuigh den bhaile mhór atá an ceantar tuaithe, agus é roinnte ina dhá leath: *Kirkonkylä*, nó Baile na hEaglaise, agus é in aice leis an mbaile margaidh féin; agus *Pitäjä*, nó an Paróiste, ar an taobh eile den loch: ceantar saibhir sócúlach feirmeoireachta atá ann. Áit fhíor-ídileach atá in Ikaalinen sa samhradh. Seanbhotháin adhmaid iad formhór tithíochta na háite, gan ach aon stór amháin iontu, agus a gharraí féin thart timpeall ar gach aon teach acu. Bhí cead campála agat sa chuid ba mhó den áit, nó bhí cuid mhór den chladach saor i gcónaí, ós rud é nach ndeachaigh na tithe saoire chun leitheadúlachta go fóill. I ndiaidh chupla bang ar na maidí rámha thiocfadh leat dul i dtír arís in Kaaresniemi nó i bPuntunlahti, agus dá mbeadh uaigneas agus eachtra de dhíth ort, bheadh cead agat do phuball a chur suas i gceann de na hoileáin.

Bhí oileán amháin ann, áfach, ab fhearr le bunadh na háite a sheachaint: Ruutinkari. Bhí sé suite faoi chupla ciliméadar de chladach an bhaile mhóir. Dar le lucht an dinnseanchais, fuair an t-oileán a ainm ón

sáirsint J. J. Roth (1772–1839) a rugadh in Ikaalinen
agus a fuair gradam an Leifteanant i ndiaidh gal agus
gaisce a dhéanamh i gCogadh na Fionlainne (1808–
1809). Ní raibh i Ruutinkari, go bunúsach, ach moll
cloch agus seanbhallóg tí ina seasamh sa mhullach air.
Nach mbeadh sé go deas bád rámhaíochta a thógáil
agus cuairt a thabhairt ar a leithéid d'oileáinín
rúndiamhair? Sin é an cheist a chuirinn ar dhaoine de
lucht m'aitheantais san áit ó am go ham, ach ba é an
tost míchompordach an t-aon chineál freagra a
d'fhaighinn. Deireadh cuid acu nárbh fhiú taobhú leis
an oileán, ó bhí neadacha faoileán ansin, agus na
héanacha ag cosaint a gcuid gearrcach go feargach
fíochmhar. Cuid eile acu, bhídís ag monabhar go raibh
nathracha nimhe san oileán. Cibé ba chiontsiocair leis,
ba nós le mo chéile comhrá ábhar eile cainte a thar-
raingt chuige chomh luath in Éirinn agus ab fhéidir
leis.

Ar ndóigh, d'éirigh mé fiosrach fá dtaobh den oileán
chomh seachantach is a bhí bunadh na háite ina leith.
D'fhiafraigh mé cad chuige a dtógfadh aon duine
teach in oileán beag bídeach mar sin. An raibh aon
duine ina chónaí ansin? Fuair mé freagra faoi
dheireadh ó dhuine de na seanfhondúirí: "Ba é an
máistir é, an ghealt, an Roilbhéanach", agus nuair a
bhí an méid sin thar a bhéal, ní raibh aon mhoill air
ach oiread leis an gcuid eile acu ábhar cainte eile a
tharraingt chuige. Thug mé cuairt ar oifig an chlár-
aitheora le tuilleadh a fháil amach, agus fuair: Göran
Fredrik Rolfwén, Máistir Ealaíon, a bhí i gceist.
Tháinig sé chun saoil sa bhliain 1870, d'éag sé sa
bhliain 1926, bhí sé pósta ón mbliain 1894 i leith ar

Péist an Mheán Oíche in Ikaalinen

Anna Elisabeth Grönberg a rugadh sa bhliain 1874. Chuaigh mo dhuine a chónaí i Heilsincí sa bhliain 1897; fuair an lánúin colscaradh sa bhliain 1902.

Faoi rothaí na gréine cad é a rinne an "ghealt seo, an Roilbhéanach" a bhí chomh huafásach is gur thabhaigh sé cosc luaite a ainm dó sa trí phobal? Is é an tátal a bhain mé as na tagairtí i seanchas na ndaoine gurb i ngealtlann Hatanpää a shíothlaigh mo dhuine faoi dheireadh. San am sin, ar ndóigh, ba ábhar scanraidh é gach galar intinne agus na daoine iontach seachantach i dtaobh a leithéide, ach níor leor é mar mhíniú. Má bhí náire ar na daoine trácht ar dheacrachtaí síceolaíocha a muintire nó ar a gcuid siabhrán féin, ní bhíodh aon chúl orthu dul ag scéalaíocht fá dtaobh de ghealta **nach** raibh gaol acu féin leo. Cad é ba chúis leis an eisceacht a rinneadh de Rolfwén, nach raibh, de réir dealraimh, aon duine muinteartha leis ina chónaí in Ikaalinen?

De réir a chéile, thosaigh mé ag déanamh go raibh rún éigin uafásach faoi cheilt i saol suaimhneach sócúlach na háite. I mo shuí dom i gceann de na seomraí móra fairsinge fionnuara sna tithe maisiúla adhmaid sin mhothaínn baspairt thobann eagla do mo chroitheadh, agus thagadh smaointe aisteacha trí m'intinn: *ní chluinfeadh aon duine a dhath dá...* Cad é nach gcluinfeadh aon duine? Bhí an saol in Ikaalinen sách síochánta le bheith cineál leadránach, i gcruth is go mbaintí deireadh seanchais as gach aon mhionscannal dá laghad é. Cinnte, titeann traigéidí teaghlaigh is tinteáin amach i ngach aon bhall ar dhroim an domhain, Ikaalinen san áireamh, agus na daoine ag iarraidh iad a choinneáil faoi cheilt taobh

thiar den bhréagmhaisiú mar is dual dóibh. Bhí rud
eile anseo fosta, áfach: uafás rúndiamhair a bhain-
feadh an lúth as do ghéaga le teann faitís nach raibh
na daoine sásta a admháil le chéile féin. Bhíodh cuma
iontach uaigneach ar sheanbhallóg Ruutinkari, agus
an tráthnóna ag druidim chun dorchadais i Mí Mheán
Fómhair. Má bhí gaoth aduaidh ann, bhrostaíodh na
tuismitheoirí a gclann isteach: "Tá gaoth na péiste
ann," a deiridís. Ní raibh aon duine in ann a rá cad é
a bhí i gceist le "gaoth na péiste". An gcreidtí go raibh
tolgadh éigin sa ghaoth? Agus cad chuige a samhlaítí
an "phéist" leis an ngaoth aduaidh, seachas an ghaoth
aniar? Nó siar ón mbaile mór, ar an taobh eile de Loch
Kyrösjärvi, bhí teacht ar chnoc mhór mhaisiúil a
dtugtaí Matomäki, nó Cnoc na Péiste, air. Cad fáth
nach séidfeadh "gaoth na péiste" ó Chnoc na Péiste?
Uair amháin, bhí mé ar tí freagra cuimsitheach a fháil
don cheist seo ó dhuine de na seanleaideanna: "Sin
mar a shéideadh sí roimh lá an Roilbhéanaigh…" ach
ansin chuaigh mo dhuine ina thost i dtoibinne. Bhí
cupla seanbhean i láthair, agus nuair a chuala siad an
méid seo d'iompaigh an lí iontu. Chrom bean acu ar
chur síos ró-mhionchruinn a thabhairt ar a cuairt go
Tampere an tseachtain roimhe sin de ghlór ard a
bháfadh guth gach duine eile, agus má ba bhuan mo
chuimhne, bhí sí in éis na himeachtaí céanna a insint
do na daoine céanna cupla lá roimhe sin cheana féin.
Uair eile, sciorr an ráiteas seo ó fhear a bhí an-tugtha
don iascaireacht: "Tá cnámh na minsí sa tsaighean
agam, agus nach í a tharraingíos na cránaithe móra éisc
in eangaigh, na scórtha acu…" D'éist sé a bhéal go
tobann, ar nós an chuid eile acu. An buachloch

iascaireachta a bhí i gcnámh na minsí? An raibh geasróga i gceist a chaithfí a choinneáil faoi cheilt ar an muintir isteach? Cibé faoi sin, ní thoileodh aon duine a dhath a mhíniú domsa.

I ndeireadh na gcaogaidí ba mhinic mise ag fámaireacht in Kiviniemi, áit a bhfuil Ruutinkari le feiceáil go soiléir. Bhí déshúiligh liom agus mé á n-úsáid ag scrúdú an oileáin is na seanbhallóige. Bhí drochbhail ar an riclín dáiríribh, nó bhí cuid den díon tite isteach, agus an doras ar crochadh ar leathinse, gan trácht a dhéanamh ar na fuinneoga a bhí ina smionagar ar fad. B'éadócha liom an teach sin an fód a sheasamh in éadan an chéad ghaoth mhór eile. Bhí ealta faoileán ar foluain thart timpeall an oileáin, agus chuir mé sonrú san iompraíocht aisteach a bhí fúthu: *ní thuirlingeodh aon fhaoileán ar an oileán, ní éireodh aon fhaoileán ón talamh san oileán, ní eitleodh aon fhaoileán os cionn an oileáin.* Shílfeá go raibh fonn orthu áit dheas a shealbhú le neadacha a thógáil ansin, ach amháin go raibh lámh dhofheicthe dá gcoinneáil siar. Ó bhí mé ina thaithí cheana go raibh Ruutinkari faoi gheasa ar bhealach éigin, níor bhac mé le hiompar na n-éan a chaibidil le haon duine de thógáil na háite.

An dara caibidil

Rún na Rann

Bhí Rolfwén na rúndiamhrachta ag cur draíocht orm. Má bhí sé ag caitheamh a scáile os cionn an bhaile mhóir i gcónaí, cad é an cineál rún a bhí ag baint le mo dhuine dáiríribh? Chaith mé a raibh de shaoire agam ag iarraidh tuilleadh a fháil amach fá dtaobh de mo dhuine, ach ní raibh mórán sna cáipéisí oifigiúla féin. Léigh mé ar rollaí na hollscoile gur bhain sé amach a Ardteist sa bhliain 1887 agus an dioplóma ollscoile cúig bliana ina dhiaidh sin. Ní raibh a chuid staidéir ag teacht le chéile go rómhaith, nó bhain sé amach céim sa cheimic agus i litríocht an Oirthir. Bhí sé ina bhall de chumann na mac léinn ó Iarthar na Fionlainne, ach dáiríribh is fánach más riamh a chonacthas ag céilí nó ag pléaráca de chuid an chumainn é. I ndiaidh an cholscartha rinne a bhean chéile athphósadh ar fhear gnó de lucht labhartha na Sualainnise. D'éag sí i ndeireadh na ndaicheadaí, agus an fear seo ag iompar na bhfód le cupla bliain roimpi. Rugadh triúr clainne di leis an dara fear céile, agus beirt acu beo breabhsánta i gcónaí; ach ní raibh aon seanchas le baint astusan mar gheall ar an gcéad fhear. Déanta na fírinne bhí iontas an domhain orthu iomrá a chluinstint ar an gcéad phósadh ar aon nós. Ní raibh mórán garaíochta le fáil ó mhuintir Rolfwén ach an

48

oiread. Bhí teacht ar an gcorr-gharnia nó neacht, ach ní raibh siad in ann mórán a insint. Dúirt seanbhean amháin acu, agus í ag teannadh leis an gceithre scór bliain d'aois: *Ja, farbror Göran, det var en mycket egendomlig karl!* ("Sea, fear iontach aisteach a bhí ann, mar Uncail Göran!") Ba é sin an freagra ba mhó eolais, cinnte.

Ba é samhradh na bliana 1960 an samhradh deireanach a chaith mé in Ikaalinen. Bhítheas ag bailiú seanpháipéir, agus mise ag fágáil mo bhunal féin de nuachtáin sa mhullach ar chuid na ndaoine eile. Chaith mé súil cineál brónach ar a raibh i mbosca an tseanpháipéir. Bhí cuid de na daoine tar éis seanleabhair a chaitheamh i dtraipisí ar an mbealach seo, leabhair ab fhearr liomsa a choinneáil i dtaisce. Sciob mé liom seanphortús ó dheireadh na naoú haoise déag. Ní raibh mórán fiúntais ag baint leis, fiú mar dheismireán do bhailitheoir leabhar, ach ba trua liom a leathbhreac a fhágáil ansin. Sa bhaile dom rinne mé mionscrúdú ar an leabhar. Taobh istigh tháinig mé ar dhuilleog bhuí páipéir agus téacs clóbhuailte ar an dá thaobh: bhí an chuma air gur amhrán bolscaireachta den tseandéanamh a bhí ann. Ar thaobh amháin bhí sliocht as dán a thug cur síos ar an dóigh ar "bhain an Fhionlainn saibhreas as gníomhartha Chumann na hEacnamaíochta faoi cheannas an dea-Rí Gustaf." Leid a bhí anseo d'aois an téacs: i réimeas Ghustaf a Ceathair Adólf a bunaíodh Cumann Eacnamaíochta na Fionlainne sa bhliain 1797, rud a d'fhág gur scríobhadh an dán cupla bliain ina dhiaidh sin, thart timpeall ar 1800. Chuir an dán ar an taobh eile leis an dátáil seo: bhí sé ag magadh faoin Diúc Séarlas agus a

49

An Leabhar Nimhe

"Ard-Visír" Reuterholm, chomh tugtha do gheasróga, pisreoga is asarlaíocht is a bhí siad. Ó tháinig deireadh le rialtas na gcoimirceoirí sa bhliain 1796, bhí sé inchreidte ar fad go bhfoilseofaí dánta scigiúla faoin iar-"Ard-Visír" sna chéad bhlianta eile. Ag druidim le deireadh an dáin dó bhí an file ag tabhairt le fios nach raibh a dhath ar eolas ag Reuterholm i bhfarradh is fíor-dhraíodóir. Agus ansin gheit mé mar a bhainfeadh nathair nimhe greim asam: *bhí trácht anseo ar* GHAOTH NA PÉISTE*!*

Seo an dán:

Reuterholmi, Ruotsin herra,
mitä tiiät, mies mokoma,
panet pöyät pomppimahan,
houkuttelet henkiäsi
Kaarle-herttuan keralla.
Pöyät pomppii, henget hourii,
vaan et löyä viisautta,
pnakotaitoja tavoita.
Saatkos Kutkan kalan suusta,
Satakuuan maan sisästä?
Etpäs manaa matotuulta,
kivirinkejä rakenna.
Lapsen tieto, naisen muisti,
ei oo NECRO *nyrkeissäsi,*
Apu allasi hajoa.

Péist an Mheán Oíche in Ikaalinen

("A Reuterholm, a Thiarna ón tSualainn,
an eol duit a dhath ar bith?
Cuireann tú na boird ag léimnigh
agus tú ag bladar na dtaibhsí
in éineacht leis an Diúc Séarlas.
Na boird ag léimnigh, na taibhsí ag
    rámhailligh,
ach níl teacht agat ar an tsaíocht
ná ar na scileanna *Pnacó*.
An mbainfidh tú an Tochas de bhéal an éisc,
nó *Satakuua* as croí na talún?
Níl tú ag séideadh ghaoth na péiste
ná ag tógáil fáinní cloiche.
Eolas an pháiste, cuimhne na caillí.
Níl aon NECRO i gcúl do dhoirn agat
ná an cuidiú ag titim as a chéile fút.")

Rinne mé trom-mheabhrú ar an dán gan a dhath a
thuiscint. Cén cineál scileanna iad na "scileanna
Pnacó" nach raibh ag Reuterholm? Cad é an rud é an
"tochas (*kutka*) i mbéal an éisc"? An botún cló a bhí i
gceist le "Satakuua"? B'fhéidir gur chóir "Sata*kunta*"
a bheith ann, ó tá a leithéid de chúige in Iarthar na
Fionlainne? An raibh baint ag na "fáinní cloiche" le
geasróg éigin draíochta chun "gaoth na péiste" a
mhúscailt? Agus cad mar gheall ar an "*NECRO*" nach
raibh i "gcúl a dhoirn" ag Reuterholm? An raibh baint
aige, mar fhocal, le *necromantia*, leis an marbhdhraí-
ocht? "Níl lámh ná dóigh agat ar an marbh-
dhraíocht"—an é sin a bhí á chur in iúl? Ba í an líne
dheireanach an chuid ba dothuigthe: cén fáth arbh

ionann an obair a bheith ag éirí leat agus "an cuidiú a bheith ag titim as a chéile"?

Bhí na mílte ceisteanna ag dul trí mo chloigeann, agus na freagraí ag éalú uaim. Chaith mé bunús na hoíche samhraidh ag siúl na sráideanna. Chuaigh mé thart leis an gcoláiste a fhad leis an teach níocháin agus rinne mé stad ansin le lán mo shúl a bhaint as scáthchruth doiléir Chnoc na Péiste, an áit ba dúchas do "ghaoth na péiste" roimh lá an "Roilbhéanaigh". Cén cineál rúndiamhracht a bhí faoi cheilt ansin? An raibh contúirt dhorcha dhuairc ag bagairt ar an té a thabharfadh a aghaidh ar an áit? Na crainnte sa mhullach, chuir siad na dineasáir réamhstairiúla i gcuimhne dom, agus an chosúlacht a bhí orthu... I mbun mo mhachnaimh dom chas mé ar dheis le dul thart le páirc na gcluichí go dtí na seanfholcadáin le Rantopää a bhaint amach, áit a mbeadh radharc agam ar rún duairc eile: ar an oileán beag leis an mballóg tí. An ansin a d'fhéach Göran Rolfwén le "scileanna pnacó" a tharraingt chuige, cibé cineál scileanna iad? Bhí ceobhrán ag éirí den uisce, agus é ag cruthú cineál fáinne taibhsiúil timpeall an oileáin. Agus bhí mé suite siúráilte *go raibh bogadach éigin ar cois san oileán...* Chuir mé strus orm an t-atmaisféar neamhshaolta seo a chroitheadh as m'intinn. Chaithfinn breith ar mo stuaim, ar eagla go dtosóinn ag brionglóidigh i mo dhúiseacht dom...

Chuir mé an-stádar díom ag siúl sráid fhada a raibh ainm spéisiúil uirthi, mar atá, "Pirulankuja", nó Lána Theach an Diabhail. Ansin thóg mé lána Rahkola go dtí an baile mór. An raibh mé ag dul as mo mheabhair, nó an fíor é gur hosclaíodh na cuirtíní i dteach i ndiaidh a chéile, agus súile fuarchúiseacha do mo scrúdú? *Bheidís ar mo thóir ar ball beag...* Seafóid, cé h-"iad" a "bheadh ar mo thóir"? Ar ndóigh, bhíodh lucht an mhíghrinn is na caidéise ag coinneáil diansúil ar gach aon duine dá rachadh thar bráid, ach más amhlaidh féin bhí siad go léir ina gcodladh cheana féin. Ach, ón taobh eile de—nárbh é an saol suaimhneach fadálach faidréiseach ba mhó a chuirfeadh an t-anam i dtreo na saobhmhianta is na n-aislingí mínádúrtha? Nó an raibh cumhacht anaithnid uafásach ar shéala teacht chun tsolais anseo? Is dócha nár fhill mé abhaile roimh leathuair i ndiaidh a trí a'chlog ar maidin, agus na smaointe fiaine ag rúscadh m'intinne.

Chaith mé an chéad deich lá eile i Heilsincí. Bhí mé ag iarraidh tuairisc an chuid eile den amhrán chlóbhuailte a chur. Bhí an chuma ar an scéal nach raibh oiread is cóip amháin fágtha. Chuir mé an leathanach faoi bhráid saineolaithe i leabharlann na hollscoile, agus iad uile ar aon bharúil liom gur bhain sé le tús na naoú haoise déag, agus an cineál cló is páipéir a bhí ann. Rinne ceann de na leabhair bhibleagrafaíochta tagairt d'amhrán clóbhuailte amháin—*Amhrán Magaidh fá dtaobh den Rí Gustaf*—a bhí coigistithe ag údaráis na hEaglaise sa bhliain 1801 le gach aon chóip a dhíothú, ó bhí an t-amhrán "ag cur thar maoil le huafáis na Págántachta". Ansin thug mé cuairt ar Turku, príomhchathair na hEaglaise Liútaránaí san Fhionlainn, ach ní raibh ruainne eolais ar fáil i gcartlanna na hArd-Deoise ach an oiread.

A mhalairt de scéal a bhí fíor i dtaobh chartlann an bhéaloideasa, áfach. Níor aithin aon duine an t-amhrán chlóbhuailte s'agam ansin, ar ndóigh; ach le rud éigin a bheith de bharr m'fhuadair abhaile agam, chrom mé ar staidéar fánach a dhéanamh ar a raibh ansin de bhéaloideas ó cheantar Ikaalinen. Níor aimsigh mé a dhath fá dtaobh de "ghaoth na péiste" ná faoin "tochas i mbéal an Éisc" ach tamall beag roimh uair dhúnta na háite, nuair a thug duine den fhoireann comhad dom nach raibh de lipéad air ach na focail *Ikaalinen, Loimaa agus áiteanna eile, 1885-1892.* Bhí leathuair ama fágtha agam, agus rinne mé brobhsáil éigin ar an gcomhad, siúd is gur bhain mé deireadh súile den turas seo cheana féin. Ansin áfach, agus leath den chomhad feicthe agam, tháinig mé trasna ar an gcuasnóg féin: leathanach de pháipéar bhuí a raibh ainm G. F. Rolfwén agus an bhliain 1887 breactha air. Tháinig na giobóga béaloideasa seo ó *kopperskan Eva Mattsdotter i Ikalis, Ridiala by, åttio år. Hört från sin mormor i barndomen.* ("Éabha, iníon Mhaitiais"—nó *Eeva Matintytär* as Fionlainnis, "lia sí, ón sráidbhaile úd Riitiala in Ikaalinen, ceithre scór bliain d'aois. Óna máthair mhór a chuala sí an méid seo, nuair nach raibh inti féin ach puirtleog girsí.") Bhí seanorthaí ansin, agus iad curtha ar pár ag Rolfwén féin. Bhí aithne agam ar chuid acu ó fhoinsí eile, ach fuair mé baspairt agus critheagla ag amharc ar an mbeirt seo dom:

Ortha Iascaireachta.

Ceanglaítear cnap de chnámh na minsí den eangach in am an chéad nua-ré i ndiaidh don leac oighir glanadh den loch, agus an ortha seo le canadh faoi thrí:

An Leabhar Nimhe

Ies kuollut, äes kuollut,
Aasa tuhti mullin mallin.
Kutunluu ve'essä nukkuu,
Satakuua maan sisässä.

("Cuingir mharbh, bráca marbh,
Aasa téagartha trí chéile ar fad.
Tá cnámh na minsí [*kutunluu*] ina codladh san
     uisce
agus *Satakuua* i gcroí na talún.")

Sin go díreach: SATAKUUA *i gcroí na talún*!
D'úsáidtí an ortha eile mar leigheas ar an tochas nó
mar chosaint ar an tine:

Hus pois Kutka kalan suuhun,
liekki syttyvä salassa.
Mene poies Härjän päähän,
nimettömän kokon kanssa
siellä viettänet elosi.

("Gread leat, a Thochais [*kutka*], go béal an
     éisc,
a bhladhaire a lasfar faoi cheilt.
Imigh leat go cloigeann an Tairbh
in éineacht leis an iolar gan ainm,
agus ansin a chaithfeas tú do shaol, is
     dócha.")

Bhí deasghnátha chomh casta ag dul leis an ortha
áirithe seo is go raibh Éabha, an lia sí, i ndiaidh an
chuid ba mhó díobh a ligean i ndearmad nuair a

56

tháinig Rolfwén ag cur agallaimh uirthi. Bhí, ar a laghad, cloigeann an ghailléisc, scláta leathdhóite a raibh breo tine ann i gcónaí, agus adharca an tairbh de dhíth, ach ní raibh a fhios ag bean na faisnéise cad é a bhí le déanamh leo. Ach ar a laghad bhí cruthúnas agam anois go raibh gnéithe den bhéaloideas ar fáil in Ikaalinen nach raibh aithne ná eolas orthu ach ag Rolfwén.

I ndiaidh teacht ar an mblúirín faisnéise seo dom thug mé cur síos air ag seimineár béaloidis na n-iar-chéimithe, ach má thug, níor tharraing mé ach racán is brilsce. Cibé ciall a bhí bainte agam as na criomáin seo, ní dhearna an chuid eile ach mo chuid míniúchán a bhréagnú is a shéanadh, agus i ndiaidh an iomláin a bhí le titim amach, caithfidh mé a admháil inniu go raibh an ceart ag lucht mo lochtaithe ó thús go deireadh. Ní raibh aon duine acu ábalta, áfach, malairt míniú a thabhairt a shásódh an chuid eile acu. An t-aon leid spéisiúil amháin a chualathas ag an seimineár, tháinig sí ó shaineolaí ar bhéal-litríocht Ghearmáinise na Trasalváine sa Rómáin. Thagair sé don ortha dhothuigthe seo:

Astaroth, Sadok, Joch so tot,
Zathucker kommt, wenn die Kristalle rot

("Astaroth, Sadok, cuingir chomh marbh sin, tiocfaidh Zathucker, nuair a [bheas] an criostal dearg")

Mar a dúirt an saineolaí, bhí trácht anseo ar an "gcuingir mharbh", agus *aasa tuhti* iontach cosúil le h*Astaroth*. Bhí an chuma chéanna ar *Sadok* agus *Satakuua* fosta. Ach, faoi rothaí na gréine, cad é ba chiall leis na hainmneacha seo? Chuir scotbhach gáire críoch leis an seimineár, agus an t-ollamh féin ag magadh: "Is dócha gurb é Dracula an t-iolar gan ainm, mar sin."

D'fhoilsigh mé alt beag faoin mbéaloideas seo ar an iris úd *Bibliophilos* sa bhliain 1964, ach roimhe sin chuala mé scéal a bhain an-stangadh go deo asam, nó thug sé le fios go raibh uafás éigin faoi cheilt i Ruutin-kari dáiríribh.

An tríú caibidil

Scéal an Gharda Dheirg

Bhí an bhliain 1964 ag druidim lena deireadh agus an geimhreadh ag teacht, nuair a casadh seanfhear oibre orm ar stáisiún na dtraenach in Tampere—fear nach dtabharfaidh mé ach N air feasta, ós beo do dhaoine dá mhuintir i gcónaí. Bhí dreas beag comhrá againn faoi lucht ár gcomhaitheantais in Ikaalinen, ach ansin chuaigh sé ag baint fóideoga eile ar fad, agus é cineál míchompordach: "A mháistir, chuala mé go raibh tú ag cur sheanchas an Roilbhéanaigh. Ba mhaith liom scéal amháin a insint duit, nó bíonn mo bhean i dtólamh ag áitiú orm na cúrsaí seo a chardáil le duine a bhfuil eolas a dtuigthe aige. Cúrsaí thar a bheith uafásach iad... Ach caithfidh mé mo sheal a thabhairt leo. An bhfuil deifir ort?"

Go bunúsach, bhí mé le himeacht i gceann cúig nóiméad déag, ach déanta na fírinne ní raibh d'fhiachaibh orm aon deifir ar leith a dhéanamh. Thoiligh mé fanacht leis an gcéad traein eile. Ó bhí cotadh ar N labhairt liom in éisteacht an tsaoil mhóir, thóg muid an bus go Pispala. Ansin a thuirling muid den chóir thaistil le tamall a chaitheamh ag spaisteoireacht, agus rinne muid ár gcomhrá ag tarraingt ar chladach an locha úd Pyhäjärvi dúinn. Bhí cuma na neirbhíse ar N. Uaireanta bhíodh sé ag caitheamh súile ina thimpeall mar a bheadh eagla air roimh lucht cúléisteoireachta agus gliúcaíochta.

Dúirt N go ndeachaigh sé sna Gardaí Dearga chomh maith le duine, agus é seacht mbliana déag d'aois sa bhliain 1918. Tráthnóna amháin fuair seisean agus beirt chomrádaithe dá chuid ordú dul ar cuairt chuig Rolfwén leis an áit a shiortú. Chuala mé uaidh gur go gairid roimh an gCéad Chogadh Domhanda a tógadh teach Rolfwén. Faoin am sin féin bhí iomrá na haonaránachta ar an bhfear, ach ina dhiaidh sin is uile bhí an-iontas ar mhuintir na háite go roghnódh sé Ruutinkari thar aon bhall eile le cur faoi. Bhí a chostas féin ag baint le hiompar an ábhair thógála go dtí an t-oileáinín. Nuair a bhí múrtha cosanta á dtógáil anseo is ansiúd san Fhionlainn le linn an Chéad Chogadh Domhanda, ba é an chonclúid a bhain lucht an ghrinn as na cúrsaí ná "gurbh é an Roilbhéanach a thóg a dhaingean i Ruutinkari ar dtús, agus an tImpire ag déanamh aithris air anois."

An Leabhar Nimhe

Níor shroich an patról beag Ruutinkari ach le clapsholas, agus nuair a shroich, bhí fáilte cineál scigmhagúil ag Rolfwén roimh na Gardaí. Ní raibh mórán troscáin sa teach, arsa N, agus bhí cuma sách ainnis ar an mbeagán a bhí ann. Na fraitheacha áfach, bhí siad breac le pictiúirí aisteacha, "réaltaí ilbhearacha agus a leithéidí". I gcúinne amháin bhí bord beag agus cineál cloch dhubh air *ar tháinig luisne dhearg inti* le linn iad a bheith ag caint le fear an tí.

Ba chuimhneach liom focail an rabháin ón Rómáin: *Tiocfaidh Zathucker nuair a bheas an criostal dearg.*

Bhí N ag insint leis i gcónaí: chuardaigh na Gardaí an áit, agus ní raibh siad in ann airm neamhcheadaithe ná ailp bhia a aimsiú ansin. An fear a bhí i gceannas ar an bpatról, d'fhiosraigh sé de Rolfwén go drochamhrasach, an gléas raidió a bhí sa chloch dhearg le dul i dteagmháil leis na Gardaí Bána. ("Ní raibh mórán cur amach ag na daoine san am sin ar an teicneolaíocht, agus iontas á dhéanamh acu i gcónaí den ghuthán agus den raidió féin," a mhínigh N.) D'fhreagair Rolfwén gur sás le "radaíocht na talún a thomhas" a bhí ann, agus é á fhorbairt aige. Nuair a bheadh an gléas inúsáidte, bheadh sé sásta a áis a thabhairt do rialtas na nDearg le mianaigh agus miotail a aithint sa talamh.

Bhí na Gardaí idir dhá chomhairle, ach ba é deireadh an scéil nach raibh i gceist acu ach airm, lón cogaidh agus bia a choigistiú. Mar sin, bhí siad sásta an teach a fhágáil le dul síos sa soiléar, áit a raibh cupla seanraidhfil, mar a dúirt Rolfwén, agus é thar a bheith sásta iad a thabhairt uaidh. D'fhan N amuigh ag coinneáil súile ar fhear an tí, agus an bheirt eile ag siortú an tsoiléir.

Ní bhfuair siad thíos ansin ach cupla buicéad prátaí, glasraí agus iasc leasaithe, agus an beagán a bhí ann ní thiocfadh le haon duine "ailp" a thabhairt air a chaithfí a choigistiú.

"Cá bhfuil na raidhfilí?" a d'éiligh ceann feadhna an phatróil agus míffhoighne ag teacht air.

"Is cuma duit faoi na raidhfilí. Is spéisiúla agus is éifeachtúla i bhfad an t-arm rúnda a ba mhaith liom a chur in aithne daoibh: PÉIST AN MHEÁN-OÍCHE!"

D'ardaigh Rolfwén a smig go maorga agus é ag scairt focail aisteacha. "Ní chreidim gur teanga de chuid na ndaoine daonna a bhí ann. Leis na froganna agus na caróga ba mhó a shamhlóinn a leathbhreac," arsa N.

Ar an nóiméad sin thit cláir an chúlbhalla ar urlár an tsiléir leis an mbealach a fhágáil glan d'arrachtach chomh scanrúil is gur chuir cuimhne a radhairc féin spaspas creatha ar N i gcónaí. Bhí sé ag dul rite liom mórán céille a bhaint as an stadaireacht chainte a tháinig aige, agus é ar tí lúth a theanga a chailleadh; ach d'éirigh liom a thuiscint gur péist mhór dhubh, trí mhéadar ar fad, a bhí ann a raibh lámha an phortáin aige chomh maith le cloigeann an duine. "Ní ainmhí ceart a bhí ann ar scor ar bith. Tá gach aon leabhar zó-eolaíochta nó faisnéise faoin dúlra léite agam ó thús deiridh atá le fáil i leabharlann na cathrach, ach níor tháinig mé trasna ar phictiúr d'aon ainmhí a bheadh cosúil leis an arrachtach sin."

Fuair mo dhuine a leithéid de dhrochbhuille gur éalaigh sé i mbéal a chinn. D'éirigh leis an baile mór a bhaint amach, nó fuarthas ag rámhailligh as a mheabhair é ar adhmhaidin sa tsráid úd Mänttikuja, nó "Lána na nAmadán". Tugadh go teach na ngealt i Hatanpää é agus thóg sé cupla seachtain air teacht chuige arís. "Ach ba é lár mo leasa é, i ndiaidh an iomláin, an t-am sin a chaitheamh sa teach mhór. Nó idir an dá linn ghabh na Gardaí Bána Ikaalinen, agus mura bhfaighinn bás sa teagmháil is dócha go maróidís ina diaidh mé."

Ní fhaca N an bheirt fhear eile riamh ina dhiaidh sin. Bhí sé suite siúráilte gur ith an t-arrachtach iad, ach ní dheachaigh aon duine ar lorg fios fátha an scéil riamh, agus an tír ina cíor thuathail ag cogadh na gcarad. Chreidtí gur éalaigh an bheirt fhear go Tampere ar nós go leor Gardaí Dearga eile sa taobh seo den tír, agus go bhfuair siad bás i bpáirc an áir nuair a ghabh na Bána an chathair mhór. Ina dhiaidh sin féin, d'aithníodh na daoine smúit dhiamhair dhothuigthe ar Rolfwén. Roimhe sin ní raibh ach iomrá na mbealaí barrúla air, ach anois bhítí á sheachaint, agus faitíos ag teacht ar chuid de na daoine roimhe. Shamhlaíodh muintir na háite rún-diamhrachtaí uafásacha le mo dhuine, fág is nach raibh siad in ann míniú ceart ar bith a thabhairt ar an gcineál rúndiamhrachtaí a bhí siad a mhaíomh.

"Caithfidh sé gur mhair sé an chéad chupla bliain eile ar a laghad ag coinneáil an pheata sin aige," arsa N, "nó nuair a bhíodh an sléacht ag dul ar na hainmhithe le teacht an fhómhair, cheannaíodh an Roilbhéanach ailp mhór feola, idir mhuiceoil agus chaoirigh, fiú an chorr-bhó iomlán idir chrúba is adharca. Bhí iontas ar an saol mór is a mháthair faoin oiread sin bia a bheith ag teastáil ó fhear a bhí chomh

seang stiúgtha é féin. Ní raibh ann ach mála lán
cnámha, dáiríribh, agus ní fhreastlaíodh sé ar chuairt-
eoirí ach an oiread. D'fhiafraigh duine de cad é a bhí
sé a dhéanamh leis an bhfeoil, agus ba é an freagra a
thug sé ná go raibh baoití de dhíobháil air le haghaidh
cráifisc. Cráifisc mo thóin! Ní thiocfadh le portáin an
locha go léir an ailp sin d'fheoil a ithe, agus is ar éigean
má chuir an Roilbhéanach pota gliomach amháin sa
loch tráth a shaoil. Deirim leat gurbh é an diabhal
torathair sin a bhí á bheathú ag mo dhuine."

Is dealraitheach gur éirigh Rolfwén tuirseach den
arrachtach i dtús na bhfichidí. Tháinig sé go tobann
isteach i gcuan an bhaile mhóir agus thug ordú brící
agus soimint a thabhairt chuige go Ruutinkari ar an
toirt. Ba chuma leis faoin bpraghas, mar a dúirt sé. Ní
raibh a fhios ag aon duine cad é a rinne sé leis an ábhar
tógála seo nuair a fuair sé seachadta chuige é, ach bhí
N barúlach gur theastaigh uaidh bealach éalaithe na
péiste thíos sa siléar a dhúnadh le balla brící. Go gairid
ina dhiaidh sin fuair Rolfwén bothán ar cíos i
Rantopää—Ceann an Chladaigh—áit ar shocraigh sé
síos lena chuid cleathainsí ar fad. Bhí sé ar shéala dul
as a mheabhair, de réir cosúlachta, nó bhí sé
mílítheach san aghaidh, agus é ag creathnú le teann
neirbhíse is ag monabhar leis féin gan bheann ar na
daoine eile. ("Samhlaigh leat, lá amháin tháinig uaisle
ina araicis go geata an bhaile mhóir, ach níor chuir sé
aon sonrú iontu, chomh sáite is a bhí sé ina chuid
rámhaillí féin.") As Sualainnis a bhíodh sé ag labhairt,
arsa N, agus an chosmhuintir dall ar fad ar a chuid
cainte; ach thug an dochtúir Eränen corrchluais
éisteachta dó, agus é in ann a rá in aithris ar Rolfwén

go mbíodh an fear aisteach ag trácht ar *shorcóir gan ainm*, ar *mhachaire Leng* agus ar *bhriseadh na séalaí*. Bhíodh an dochtúir ag scríobh ar nuachtán na háite, agus spreag cás Rolfwén é chun cupla alt a fhoilsiú faoin gcontúirt atá sna piseoga do lucht a gcreidte is a gcleachta.

Ní raibh mórán scíthe i ndán do Rolfwén ina áit nua ach oiread le Ruutinkari, nó cibé crothán céille a d'fhan aige faoin am seo, thréig sé go doleigheasta é an t-earrach a bhí chugainn. Tugadh go Hatanpää na nGealt é, áit a bhfuair sé bás i gceann cupla bliain. "Bhí sé ag scairtigh ar Satakuua is ar Kutunluu— cnámh na minsí—nuair a tháinig carr an ospidéil ag triall air."

Níorbh é seo deireadh an scéil dhuairc, áfach. Bhí iomrá na nathracha nimhe ar Ruutinkari, rud a choinníodh muintir Ikaalinen ag seachaint an oileáinín. Ag druidim le deireadh na bhfichidí chinn beirt fhear óg nach raibh i bhfad ag cur fúthu in Ikaalinen ar thuras a thabhairt ar an oileán, beag beann ar an rabhadh a fuair siad ó bhunadh na háite. Níor fhill ach duine amháin acu ina bheatha, agus é féin beo ar éigean; ní raibh de chuideachta aige sa bhád ach corpán dubh ata a chara. Ba é scéal an fhir a fágadh lena insint ná gur mhothaigh sé neirbhís agus falsaer air ag dul i ngaire don oileán don bheirt acu, agus faitíos glan ag teacht i leaba an mhíchompoird de réir mar a bhí siad ag tarraingt ar an gcladach. Bhí aithne an sceimhle ar a chara chomh maith, ach ní raibh ceachtar den bheirt stócach sásta bheith ar an té ba túisce a d'admhódh a eagla. Ní raibh siad ach ag dul i dtír, nuair a nocht nathair dhubh, méadar go leith ar fad, agus thug sí rúid fúthu ag baint greim as an bhfear eile. D'éalaigh siad chuig a mbád le filleadh abhaile, ach ní raibh nimh na nathrach i bhfad ag tabhairt bhás an bhuachalla bhoicht. Rinne dochtúir na háite an dubhiontas den scéal: is fánach fear fásta a tholgfadh bás chomh tobann sin as nimh an chineál nathrach a bhíos le fáil san Fhionlainn. Le cobraí is le mambaí na trópaice ba mhó a shamhlófá a leath-bhreac, ach an seasfadh ceann acu fuacht na tíre seo? Bhí eireaball leis an scéal agus é níos aistí fós: tugadh an corpán go Tampere le tuilleadh taighde a dhéan-amh air i saotharlann an ospidéil mhóir, ach má tugadh, *thraoith an t-at go hiomlán* idir Ikaalinen agus Tampere. Ní raibh aithne na nimhe ná na nathrach ar an gcorpán, agus ba é an breithiúnas a thug na dochtúirí thall ansin air ná go bhfuair an fear óg bás leis an taom croí a bhuail é nuair a baineadh geit nó scanradh as go tobann.

Níor lig aon duine leathchos ar Ruutinkari ó shin i leith. Bhí baicle de bhuachaillí óga ann a raibh saint sna heachtraí acu, agus iad ag beartú turas go Ruutin-kari; ach mar a d'inis duine acu i bhfad ina dhiaidh sin, tháinig eagla uafásach orthu go tobann giota beag sular shroich siad an t-oileán, agus ansin ní raibh aon mhoill orthu tiontú ar ais.

Shíl mé gurbh é seo deireadh an scéil is an sceimhle, ach ní raibh ag maolú ar N agus é ag spalpadh leis. An samhradh a bhí caite, ar seisean, d'éirigh taismeach do thriúr daoine agus iad amuigh ag bádóireacht. Teaghlach óg a bhí ann, an mháthair, an t-athair agus iníon ocht mblian d'aois, agus bádh iad uile nuair a d'iompaigh a mbád mótair béal faoi. Ní bhfuarthas na corpáin riamh, agus bhí muintir na háite ag déanamh iontais den tubaiste seo, nó bhí bun ar an aimsir, ní raibh iomrá an óil ar aon duine de na tuismitheoirí, níor bhuail an bád faoi chloch ná faoi bhád eile, agus thairis sin bhí snámh maith ag an triúr acu. I mbreis ar an méid seo—arsa N—bhí madra leo, agus dá rachadh na daoine féin i dtóin phoill, chreidfeá go raibh sé i ndúchas an mhadra, mar ainmhí, an trá a bhaint amach. Oíche amháin san fhómhar chuaigh ceal i mbó a bhí ar féarach in oileán eile, agus fágadh an chuid eile den eallach ar mire ar fad. Agus chuaigh ródach mór roiste is réabtha ar eangacha na n-iascairí…

"Creid é nó ná creid, a Mháistir, ach is é an rud a chreidim féin ná go bhfuil Péist an Mheán Oíche, mar a thug an Roilbhéanach féin uirthi,—go bhfuil sí scaoilte saor anois, agus í ag déanamh gach cineál mioscaise timpeall an locha. *Nach féidir a dhath a dhéanamh fá dtaobh di?*"

Bhí mé sceimhlithe scanraithe ag scéal N. Fear stuama staidéartha a bhí ann a mbíodh srianta dochta aige ar a chuid taomanna, ach de réir mar a tháinig sé ar aghaidh ag insint leis, chaill sé a ghuaim ar fad, agus tocht an chaointe ag teacht ina ghuth, go dtí gur scread sé na focail dheireanacha in ard a ghutha. Cad é a bhí le déanamh, dáiríribh? Cén cineál péist a mhairfeadh beo breabhsánta bíogúil i ndiaidh dhá scór bliain a chaitheamh faoi bhuanghlas na mbrící is na soiminte i soiléar seantí in oileán scoite scartha?

Gheall mé do N go ndéanfainn mo mharana ar an scéal agus go n-inseoinn dó faoi cibé comhairle a rithfeadh liom.

An Leabhar Nimhe

Bhí mé glan ó chodladh m'oíche ag na tromluithe ina dhiaidh sin, agus mo chuid brionglóidí lán péistí dubha ábhalmhóra a bhí do mo ruaigeadh ó cheann ceann na sráide úd Pirulankuja. Nuair a bhí mé ag iarraidh tearmann a fháil i gceann de na tithe, scoilt an t-urlár fúm, agus fuair mé mé féin in uaigh a bhí ag cur thar maoil le harrachtaigh. Bhí cuid acu cosúil le diabhail bheaga na scéalta béaloideasa, cuid acu ar déanamh péiste, agus an chuid ba mheasa tháinig siad as aislingí drugáilte na n-ealaíontóirí sícidéileacha. Bhí ceol míbhinn ag baint macalla as fraitheacha na huaimhe, ach má tháinig maolú air, chualathas gach a raibh i láthair ag scairtigh go rithimiúil: *Iä, iä! Tsathoggua!* Bhí téagar dubh uafásach ag teannadh ionsorm ó dhorchadas na huaimhe… Mhuscail mo bhéicíl féin mé, agus nuair a d'éirigh liom fá dheoidh dul chun suain arís, taibhríodh dom go raibh spásbhád uaine—an *sorcóir gan ainm!*—do mo thabhairt go Machaire Leng…

Nuair a chuimhnigh mé ar na brionglóidí seo ar maidin, agus iad ag cur critheagla orm i gcónaí, rith liom *gurbh ionann an t-ainm úd Tsathoggua agus Zathucker nó Satakuua!* Is ea, ach cad é a bhí i gceist le Tsathoggua? Ní raibh mé in ann ach Sead, an stát Afracánach, nó Sléibhte Ahaggar sa tSahára a tharraingt chugam…

Chaith mé an chuid ab fhearr den mhaidin ag iarraidh teacht ar chomhairle éigin le fadhb na Péiste i Ruutinkari a fhuascailt. Ansin áfach sheachaid fear an phoist litir chugam a raibh an chéad leid do leigheas na faidhbe inti. An fear a scríobh an litir, mhol sé m'alt ar an m*Bibliophilos*, agus é ag lorg teagmhála liom, nó bhí sé barúlach go gcuirfinn spéis ina raibh d'eolas breise aige. H. Herbert Bladh ab ainm dó, *docent i kryptokronologi, Åbo Akademi*— léachtóir le rúnchróineolaíocht, Ollscoil Sualainnise na Fionlainne—agus guthán is seoladh priontáilte ar an lipéad céanna.

An ceathrú caibidil

Saineolaí na Diamhrachta Duairce

Chuala mé iomrá éigin ar mo dhuine cheana féin, nó d'inis duine de lucht m'aitheantais a raibh cónaí air in Turku go raibh sé de nós ag muintir na háite sin a mhaíomh ná "an rud nach eol do Bhladh ní heol d'aon duine é"—*mit ei Plaati tiär, sit ei tiär kukka*, mar a déarfaidís ina gcanúint Fionlainnise féin. Fear ardléannta a bhí i mBladh, agus ag tabhairt léacht dó ba mhinic a thráchtadh sé ar chúrsaí ó imeall na gnátheolaíochta. Dá mbeadh aon duine in ann mé a chur ar bhealach mo leasa ba é Bladh é. In áit na mbonn ghlaoigh mé ar an teileafón air, agus d'éirigh liom é a shroicheadh leis an gcéad iarracht. Bhí sceitimíní air bualadh liom, agus d'fháiltigh sé chuige féin mé ar an lá céanna. Nuair a theastaigh uaim cupla focal a labhairt leis faoi Rolfwén, mhol sé dom miontréithe an scéil a fhágáil i leataobh go dtí go dtiocfadh liom iad a ríomh leis ina fhianaise. "Níl sé ceadmhach an iomarca scanradh a bhaint as éisteoirí teileafóin, ach oiread le héisteoirí raidió," ar seisean go magúil.

Bhain mé amach Turku ar an gcéad traein luais eile, agus thóg mé tacsaí ón stáisiún go teach Bhladh. Bhí an léachtóir ina chónaí in aon fhoirgneamh le hInstitiúid na Caonacheolaíochta, agus leabharlann phríobháideach aige a sháraigh a leithéidí eile ar fud na tíre. Má bhí aon áit fágtha idir na seilfeanna, bhí trí chat ag Bladh ag déanamh cuideachta dó ansin: Scua liathbhán, Feodora bhreac ramhar agus Miranda chomair leath-Pheirseach. Bunfhear scothaosta cineálta a bhí i mBladh féin, agus é ag caitheamh "faisean Oblomov", mar a dúirt sé féin, is é sin, fallaing uaine shíoda.

Riar sé deoch pórtfhíona orm agus chuaigh sé ag baint fóideoga. Bhí sé i ndiaidh moll mór leabhar a charnadh ar an mbord: leabhair mhóra théagartha a raibh cuma an ardléinn orthu; leabhair phóca Mheiriceánacha; fótachóipeanna de lámhscríbhinní lán pictiúirí aisteacha. Chaith fear an tí tamall maith ag caint—thiocfadh leat a rá gur léacht a thug sé uaidh, rud a thóg uair an chloig go leith air—ach níor thréig mo shúil ná mo chluais éisteachta é ar feadh oiread is soicind amháin.

D'inis sé dom faoi thraidisiún nach raibh ar eolas ag mórán—sraith Cthulhu, nó Cuitilíocht.

"Cthulhu, Cutulu, Cuitiliú, Cuitilíocht—an aithníonn tú an t-ainm?"

"'*Kutunluu!*'" a sciorr uaim.

"Sin go díreach, sin é an rud a dtugaimid *bréag-shanasaíocht* air—baintear ciall an fhocail dhúchasaigh as an bhfocal iasachta ar comhfhuaimniú leis, agus nuair a ligfear an focal iasachta i ndearmad, míneofar an focal dúchasach de réir a ghnáthchéille, rud a chuirfeas bun le córas iomlán de phiseoga."

Ba chuimhneach liom go raibh Rolfwén ag guí ar Kutunluu agus Satakuua nuair a tháinig gluaisteán na gealtlainne faoina dhéin. *Bhí a fhios aigesean an traidisiún sin…*

Níor dheachaigh aon stad ar mo dhuine ach ag caint, áfach. Bhí tagairtí don Chuitilíocht i seanleabhair nach raibh rófhurasta teacht orthu, ach san am chéanna, bhí raidhse eolais ar fáil i scríbhinní i bhfad níos so-aimsithe ach tú a bheith in ann an chiall cheart a bhaint astu. Chuaigh an scríbhneoir Meiriceánach Howard Phillips Lovecraft (1890–1937) i dtuilleamaí na scéalta Cuitilíochta mar mhianach dá chuid saothar, agus lucht a leanúna ag plé leis na téamaí céanna. B'ait an scéal é go dtiocfadh le Lovecraft bheith chomh heolach sin ar an tsraith seo, nó ba léir nach raibh ach cuid bheag de na príomhscríbhinní Cuitilíochta léite aige. I dtús báire ní raibh de mheas aige ar an traidisiún ach gur toradh samhlaíochta a bhí ann a raibh cead ag cách a shult is a shúgradh féin a bhaint as, ach de réir cosúlachta bhí sé ag glacadh na scéalta seo i bhfad ní ba dáiríre agus é ag dul anonn sna blianta. Agus déanta na fírinne, fuair sé bás sách óg, nó níor shlánaigh sé leathchéad bliain d'aois riamh…

Bhí léacht Bhladh breac le hainmneacha aisteacha barbartha. Bhí sé ag labhairt chomh dúisitheach is gur mhothaigh mé creathnú na heagla cosmaí ag teacht tríom. Chuir sé os mo chomhair na Seanóirí Móra, agus Cthulhu chun tosaigh ar an gcuid eile acu. Bhain sé cora as a lámha ag tabhairt cur síos ar R'lyeh, an chathair dhamnaithe faoi thalamh "ina ndeachaigh an chéimseata féin as alt", mar a dúirt Lovecraft féin. D'inis sé faoi Cthulhu Mór, Tiarna na nUafás, a bhí le muscailt is le R'lyeh a fhágáil; faoin amadán dall úd Azathoth "nach raibh ann ach anord agus masla agus gealtacht i gcroílár na hollchruinne"; faoin Uafás gan Ghnúis, Nyarlathotep, ag béicíl in oíche na gaoithe móire mar a bheadh bean sí ann; faoi Hastur a ruaigeadh go réaltbhuíon na Hiaidí nó *Hyades* ("an Té nach labhraítear A ainm", *Magnum Innominandum* mar a tugadh air sna scríbhinní Laidine). Thrácht sé liom ar lucht cúntóireachta na Seanóirí Móra, na Vórmaigh, na *Dholis*, na Sogotaí is an treibh úd Tseó-Tseó; chuaigh sé ag caint ar leabhair uafásacha ar nós *Orthaí na nDholis* agus *Leabhar Eibon*; nó ar dheasghnáthaí faoi cheilt agus ar an dúchinniúint a bhí daite riamh don té a mhúsclódh fórsaí toirmeasctha an dorchadais.

Bhí Bladh ag caint chomh beoga sin is gur éirigh leis mé a chur tríd na huafáis sin dáiríribh: mhothaigh mé adharcáin Cthulhu ag cuimilt le caol mo choise; chonaic mé sciatháin leathair mhillteanacha Hastur ag eitilt tríd an spás; chuala mé na seantaicí, na héanacha a bhfuil clúmh éisc orthu, ag scairtigh, agus Bunadh frogchloigneach na nDuibheagán ag vácarnaigh; chonaic mé na caortha solais ar foluain síos i dtreo na talún agus ag titim as a chéile le ramallae dubh a dhéanamh...

"Is gnách na caortha seo a shamhlú le neach eile de na Seanóirí Móra, Yog-Sothoth..."

"Yog-Sothoth—*Joch-so-tot!*" arsa mise de scairt thobann.

Péist an Mheán Oíche in Ikaalinen

"Tá an ceart agat ar fad: bréagshanasaíocht Ghear-
máinise atá ann, agus nuair a chuirfeas muid Fion-
lainnis air, is é an t-aistriúchán a gheobhas muid ná *ies
kuollut*. Is ionann *aasa tuhti* agus Astaroth nó Azathoth,
agus tá sé 'trína chéile, ina phraiseach, *mullin mallin*',
cionn is gur gnách anord agus gealtacht a chur ina
leith. Agus an chéad Seanóir eile, is é Tsathoggua
é..."

"Tsathoggua!" a scairt mé ag seasamh suas is ag cur
ruaigeadh ar Mhiranda a bhí cúbtha i m'aice.

"Is ea, Tsathoggua, nó Sadogua as Laidin, Sadok,
Zathucker, Satakuua..."

D'inis mé do Bhladh an cineál brionglóidí a bhí
agam an oíche roimhe sin, agus é ag cur an-spéis ina
raibh le rá agam. "Ceart críochnaithe ar fad a
taibhríodh duit é: creidtear gurb istigh sa talamh thíos
a chónaíos Tsathoggua. Sílim gurb é cultas Tsathog-
gua atá i gceist sa chás seo dáiríribh. Is iad na *dholis* a
bheir urraim is onóir do Tsathoggua, neacha ar a
dtugtar *péisteanna meánoíche* fosta..."

"Dia dár réiteach, agus ceann acu scaoilte saor in
Kyrösjärvi," arsa mise de mhairgnigh bhoicht. Ansin
fuair mé greim muinchille ar Bhladh agus mé ag
radadh asam gach dá raibh ar eolas agam ar Rolfwén,
ar a chriostal dubh agus ar Phéist an Mheán-Oíche a
raibh a chuma uirthi go raibh sí ag imeacht le ceann
sreinge aríst. "Faoi rothaí na gréine, cad é a thiocfas
linn a dhéanamh?" arsa mise sa deireadh thiar thall.

Bhí Bladh aolbhán ina ghnúis, agus é ag cur
géarchluais éisteachta air féin. "Níl aon amhras ann,
dholi ceart atá ann agus é ag siúl na talún in Ikaalinen.
Caithfidh muid plean a oibriú amach go cúramach.

Bhuel, ar a laghad, ní chreidfinn riamh go bhfaighinn radharc ar *dholi* ceart le mo dhá shúil chinn féin choíche." Bhí an chéad stangadh bainte as Bladh go hiomlán, agus é ag breathnú mar a bheadh luibheolaí ann agus sceitimíní air roimh chineál annamh planda. Mhol sé dom cupán tae a chaitheamh siar le linn é féin a bheith ag cur síos ar an gcuid eile den scéal sula gcromfaimis ar ár gcuid pleananna i dtaobh na Péiste. Thoiligh mé leis sin, siúd is go raibh an fhoighne ag cliseadh orm, nó ní raibh mórán spéise agam i bhfadhbanna teoirice a thuilleadh.

Bhí Bladh ag leanúint leis ag tabhairt léachta. D'inis sé gurbh ionann an 'tochas i mbéal an éisc'—*Kutka kalan suussa*—agus *Cthugha*, deamhan na tine, a bhí ina chónaí sa réalta úd Fomalhaut a bhaineas le réaltbhuíon Iasc an Deiscirt. Focal Araibise é Fomalhaut a chiallaíos 'Béal an Éisc'. An t-iolar gan ainm, ba é Hastur é a bhfuil cónaí air sna *Hyades* i réaltbhuíon an Tairbh. Agus maidir leis na 'scileanna Pnacó', chaithfeadh sé go raibh baint acu le leabhar eile a luaitear leis an traidisiún, *Na Lámhscríbhinní Pnacóiteacha*. Na véarsaí a bhí ag tagairt do NECRO, bhí trácht soiléir iontu ar leabhar toirmeasctha eile, *Necronomicon*, agus na focail *Apu alla hajoa*, leagan truaillithe iad d'ainm an údair a scríobh an leabhar de réir mar a chreidtear, an tArabach Abdul Alhazred. Sa deireadh tharraing Bladh ceist phraiticiúil air: ní gaoth í 'gaoth na péiste' ar aon nós. Ní raibh san fhocal úd *tuuli*, gaoth, ach tagairt eile bréagshanasaíochta don *dholi*.

"Dealraíonn sé go bhfuil pacáiste iomlán den Chuitilíocht againn i gcúpla rabhán dothuigthe," arsa

74

Péist an Mheán Oíche in Ikaalinen

Bladh go sona sásta. Thug sé dom an tábla a bhí breactha síos aige:

CUITILÍOCHT	FIONLAINNIS	GEARMÁINIS
Tsathoggua nó Sadogua	*Satakuua*	Zathucker, Sadok
Cthulhu	*Kutunluu* (Cnámh na Minsí)	—
Azathoth	*Aasa tuhti* ("*Aasa*" téagartha)	Astaroth
Yog-Sothoth	*Ies kuollut* (Cuingir Mharbh)	Joch-so-tot
Hastur	*Nimetön kokko* (An tIolar gan Ainm)	—
na Hiaidí	*Härän pää* (Ceann an Tairbh)	—
Cthugha	*Kutka* (An Tochas)	—
Fomalhaut	*Kalan suu* (Béal an Éisc)	—
Na Lss. Pnacóiteacha	*Pnakotaidot* (Scileanna Pnacó)	—
Necronomicon	NECRO	—
Abdul Alhazred	*Apu alla hajoaa* (An cuidiú ag titim as a chéile)	—
Dholi	*Matotuuli* (Gaoth na Péiste)	—

B'éigean dom a admháil go raibh na véarsaí dothuigthe béaloidis soiléirithe go hiomlán ag Bladh. B'fhíor é: "an rud nach eol do Bhladh, ní heol d'aon duine é."

Ansin thosaigh muid ag cur plean praiticiúil i dtoll le chéile le fáil réidh de Phéist an Mheán-Oíche. Ar dtús d'iarr Bladh orm mo scéal a insint arís ó thús deiridh. B'iomaí ceist a chuir sé orm, agus é ag iarraidh mionsonraí a bhaint asam nár léir dom a mbaint leis an scéal. Ó am go ham rachadh sé go dtí an tseilf le leabhair a bhrobhsáil. Is dócha gur scríobh sé síos deich leathanach nótaí. Bhí an t-am ag teannadh lena dó a'chlog san oíche, nuair a bhí sé críochnaithe. "Caithfidh mé sreangscéalta a chur go Cambridge is go Göttingen amárach le tuilleadh a fháil amach—agus ní mór don bheirt againn cuairt a thabhairt ar Ikaalinen le ceastóireacht a chur ar do chara N—ach tá cnámha an scéil ag teacht chun tsolais anois…"

"Cad é an cineál neacha iad na *dholis* seo ar aon nós? Cad é mar a thig le ceann acu dhá scór bliain a chaitheamh beo bíogúil taobh thiar de bhallaí bríce i bpoll talún?"

"Bhuel, níl a fhios agam an féidir liom féin é a mhíniú… Ní ainmhithe iad a d'eascair ónár n-éabhlóid féin. Is é an áit a gcónaíonn siad ná 'idir na diminsiúin', mar a dúirt Lovecraft féin, lá dá shaol. Ciallaíonn sin gur tháinig siad as áit éigin taobh amuigh dár n-ollchruinne thríthoiseach féin. Is gnách linn ár seitgháire a dhéanamh faoi phiseoga na seanleabhar draíodóireachta agus faoi na deasghnátha a chardáiltear iontu, ach tá a gciall féin leo. Siúd is go mbíonn siad ar maos le gach cineál míthuisceana agus páistiúlachta, míníonn siad réasúnta praiticiúil an dóigh le cur ar chumas an *dholi* teacht chun ár saoil féin. Is é is cuspóir leis na híobairtí fola agus túise ná go bhfuil damhna i bhfoirm gháis agus leachta de dhíth ar an *dholi* chun colainn a chruthú dó féin. De réir a chéile éireoidh an *dholi* níos cosúla le neach ábhartha corpartha, agus é ag dul in anás scamhaird fosta. Mura dtugtar bia is beatha dó, tiocfaidh meath

air, ach bíonn na *dholis* iontach fadálach ag fáil bháis.
Is féidir corp agus colainn an *dholi* a mhilleadh air le
nimh is le tine, ach níl a fhios agam cé acu a gheobhas
sé bás ansin nó a fhillfeas sé ar an áit as ar tháinig sé.
Deirtear sa traidisiún gur féidir an *dholi* a 'chur ar ais
chun Ifrinn', rud atá ag cur leis an dara rogha. Tá
clasaiceach agam anseo a thabhódh bród d'aon
leabharlann ollscoile—*sacrebleu!*"

"Cad é atá cearr anois?"

"Nach mise an t-amadán. Ba chóir dom é a thuiscint
a thúisce is a chuala mé ag trácht ar Ghöran Rolfwén
an chéad uair thú... Fan nóiméad."

Thóg Bladh den bhord leabhar dhá chéad
leathanach a chuir sé go mórtasach faoi mo shrón. Ba
í *Die Dholen-Hexerey* í—"Draíocht na n*Dholis*"—arna
cur i gcló i bhFrankfurt sa bhliain 1675.

"Caith súil ar ainm an iar-úinéara."

Bhí na litreacha seo le léamh ar an gcéad leathanach:

G. R.
1891

G. R.—Göran Rolfwén. Arbh eisean a léadh an
leabhar seo na hoícheanta uaigneacha i dteach
mhallaithe Ruutinkari? Arbh ansin a chrom sé ar a
chuid scéimeanna cinniúnacha le muintir na holl-
chruinne eile a scairteadh chuige? Nó an amhlaidh
gur éirigh leis roimhe sin féin, agus nach raibh sé ach
ar lorg áite ina bhféadfadh sé bheith scoite ón gcine
daonna leis an gcéile comhluadair uafásach sin? *Ó
Chnoc na Péiste a shéideadh gaoth na péiste roimh lá an
Roilbhéanaigh...*

77

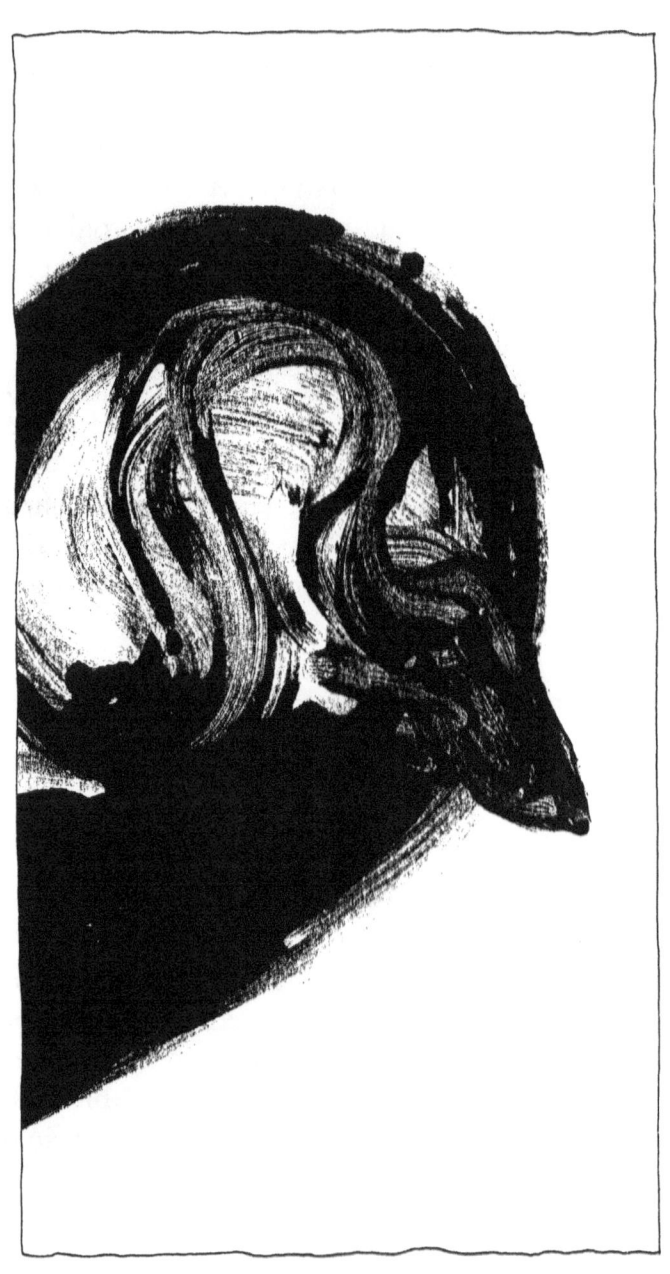

Péist an Mheán Oíche in Ikaalinen

D'fhiafraigh mé de Bhladh cad é a shíl seisean den scéal. Bhí sé barúlach gurbh fhéidir gur áit réamhstairiúil íoladhartha a bhí i gCnoc na Péiste agus í ag tarraingt *dholis* ina treo go nádúrtha. B'fhéidir gurbh ansin a tháinig Rolfwén ar a phéist féin.

D'oscail Bladh an leabhar le pictiúr ciotach línithe de Phéist an Mheán Oíche a thaispeáint dom. Bhí sé go hiomlán ag cur leis an tuairisc a fuair mé ó N: péist a raibh lámha an phortáin nó na scairpe aici agus cloigeann cineál daonchosúil uirthi. Bhí an *dholi* ar an bpictiúr tar éis duine a cheapadh is a mharú agus í ag baint an ionathair as lena ithe. Bhí sé le haithint ar an bpictiúr go raibh an *dholi* seo deich méadar ar fad, nó corradh leis.

Rith ceist eile liom, agus d'fhiosraigh mé de Bhladh, an *dholis* a bhí sna nathracha fosta a thuill a chlú don oileáinín i ndiaidh bhás Rolfwén.

"Ní hea, *mon ami*, scéal eile atá i gceist leosan. Ábhar spéise é go raibh, de réir dealraimh, traidisiún toirmeasctha eile ar eolas ag Rolfwén. Fan nóiméad— tá leabhair agam faoin ábhar sin chomh maith."

Rug Bladh ar chupla saothar eile as a leabharlann dhospíonta agus chuir sé ar an mbord iad. "Is é an ceann seo is suimiúla," ar seisean ag taispeáint saothar deich leathanach is dhá scór in octábhó dom.

Ba é an teideal a bhí ar an leabhar Laidine ná *Comhairlí ó Thríofón Ceilioppos Heindeiceagrammátos faoin dóigh cheart le fórsaí na réaltaí is na reann a tharraingt isteach i mbuachlocha. Clement Wardwell a d'aistrigh agus a chuir tráchtaireacht leis, Amstardam 1685.*

An Leabhar Nimhe

D'inis Bladh gur manach Biosántach a bhí i dTríofón Ceilioppos a mhair sa cheathrú haois déag agus baint aige, mar a léirigh a ainm, le heagraíocht an Heindeiceagraim Dhuibh—sin le rá, cumann na Réalta Duibhe Aon Bheara Déag; rúnchumann a bhí ann a ndeachaigh a phréamha siar a fhad le Cathair Alastair i ré an Heilléineachais féin.

D'oscail mé an leabhar agus mé ag léamh ón gcéad fhocal a bhfuair mé radharc air.

Nó is é seo an rún nach bhfaighidh lucht adhartha na Nathrach Dúbailte Fteigil-Neits amach—agus má fhaigheann, go ndéana fearg TRYPHON ródach orthu—: nuair a bheas a haon déag faoina haon déag de laethanta caite i mbroinn a mháthar ag do pháiste, nuair a bheas an Ghrian agus an pláinéad úd Mars sa chéad Deacán den tSaigheadóir, caithfidh tú an páiste a chur ar an altóir le haghaidh bainise...

Mhínigh Bladh dom nach raibh an focal "páiste" ag tabhairt d'aon duine, ach do chriostal dhubh a bhí le láimhseáil de réir dheasghnátha samhnasacha na marbhdhraíochta chun é a luchtú le fuinneamh síceach.

"Ná fiafraigh díom cad é an rud é an fuinneamh sin. Níl a fhios ag aon duine ná deoraí é. Ach dealraíonn sé, nuair a bhíodh na deasghnátha sin istigh, go n-éiríodh cineál claí leictrithe dofheicthe thart ar an gcriostal: dá bhféachfá le dul tríd, chosnódh an chloch í féin ar bhealach teileapatach, ag cur d'intinn trína chéile (nuair a tháinig Bladh a fhad seo ag insint leis, rith liom an dóigh a raibh na faoileáin ag seachaint Ruutinkari). Tá sé ag cur leis seo go raibh eagla dhomhínithe ag teannadh ar na fir óga sin agus iad ag iarraidh dul i dtír san oileán. Thosaigh an radar teileapatach ag oibriú nuair a bhí siad i bhfad ón oileán go fóill, agus murar thuig siad an chéad rabhadh seo, ba é an chéad chéim eile go bhfaca siad nathracha. Tuigtear duit anois cad é mar is féidir leis na nathracha i Ruutinkari geimhreadh na Fionlainne a sheasamh: *níl aon nathair beo san oileán ar aon nós!* Níl, ná eireaball nathrach; ach an seachmall a thagas ort san fhóidín mearaí sin, tá sé chomh láidir is go bhfaighidh tú fíorbhás má bhaineann nathair shamhailteach greim samhailteach asat. Caithfidh sé go bhfuil an criostal ansin i gcónaí."

An cúigiú caibidil

Dhá Thuras go Ruutinkari

Chaith mé an chéad dá sheachtain eile i gceann oibre diamhaire. D'iarr Bladh orm gar aisteach i ndiaidh a chéile a dhéanamh dó. Murar theastaigh uaidh mise sliocht éigin a chóipeáil as an tríú leabhar de *Steganographia* le Trithenius nó as saothar Arnaldus de Villanova, b'éigean dom bualadh isteach ag státseirbhísigh ardchéimíochta agus litir mholta ó Bhladh a thaispeáint dóibh le ceadúnais éagsúla a iarraidh orthu; agus nuair a bhí an dara cineál oibre acu seo críochnaithe agam, chaithfinn rud dothuigthe éigin a sheiceáil arís i saothair Chlement Wardwell nó Chaspar Unhold. Thug muid cuairt ar Ikaalinen, fiú, le tuilleadh aithne a chur ar an áit. Chuir Bladh agallamh mionchruinn ar N agus a bhean chéile. D'éirigh leis an-stangadh a bhaint asam: bhí sé ag croscheistiú N faoin gcineál scairt a lig Rolfwén as leis an bPéist a bhladar. "An iad seo na focail a bhí aige?" a d'fhiafraigh sé, agus é ag fuaimniú abairt nach féidir a bhreacadh síos i i ngnáthlitreacha. Seo é an aithris is fearr a thig liom a dhéanamh:

KRKPWP'FL N'GJA N'GJA UUAAGHH KRL KRL TSATHOGGUA FHTAGN! IÄ! TSATHOGGUA!

"Tá na focail sin sách cosúil leis an méid a dúirt seisean, ach nuair a dúirt, bhí sé á scairt de ghlór ní b'airde i bhfad."

Mhínigh Bladh gur mhaolaigh sé ar a ghuth ar eagla go gcuirfeadh sé isteach ar na comharsana—gan aon trácht ar an gcluais a bhí ag éisteacht i Ruutinkari.

I ndiaidh an réamhthaighde seo chonacthas in Ikaalinen arís sinn i Mí na Féile Bríde den bhliain 1965, agus sinn ag ligean orainn leis an saol mór nach raibh i gceist againn ach saoire gheimhridh a chaitheamh ag scíáil. Bhí Bladh, fiú, i ndiaidh gléas scíála a thabhairt leis, agus iontas na n-iontas ní raibh aon chaill air ag scíáil, deacair is uile mar a bhí sé a leithéid a shamhlú leis an bhfear seo a raibh a shaol agus a phearsa féin fite fuaite lena leabharlann. Roimh aon rud eile chuaigh sé i bhfianaise sáirsint áitiúil na bpóilíní le doiciméid oifigiúla a thaispeáint dó a dhearbhaigh gur saineolaithe a bhí ionainn ag iarraidh turgnaimh thaighde a dhéanamh, i gcruth is go gcaithfimis cupla pléasc a mhadhmadh san oileáinín. Ós rud é nach raibh aon duine ina chónaí amuigh ansin, ná aon urchóid sna buamaí do dhaoine ná do mhaoin shaolta, bhíothas ag súil le cuidiú agus comhbhá ó údaráis na háite le lucht na bpléasc, is é sin, leis an mbeirt againn.

Faoin neartlá thosaigh muid ar ár dturas scíála ar an loch reoite go dtí Ruutinkari. Bhí sé le haithint go raibh na scíálaithe eile ag seachaint an oileáin, agus lorg a gcuid scíonna ag cur cor fairsing air. Bhí mo chara i ndiaidh fíor-léacht a thabhairt dom ag áitiú orm nach raibh sna nathracha ach ciapóga agus iomrall súl agus nach raibh fíor-urchóid iontu d'aon duine nach ligfeadh an scód leis an sceimhle. Thairis sin, b'fhéidir go raibh fuinneamh na cloiche duibhe chomh rite sin i ndiaidh na mblianta is nach bhfeicfimis a dhath. Ina dhiaidh sin féin bhí míchompord orm.

Nuair nach raibh ach cupla méadar idir sinn agus Ruutinkari, tháinig an mothúchán orm a raibh súil agam leis i ndiaidh an tseanchais uilig. Ar dtús, buaileadh le drogall, leisce agus lionn dubh mé, agus ghlac mé col leis an misean seo ar fad. Agus sinn ag leanúint linn ar aghaidh ina ainneoin sin, tháinig scanradh i leaba na leisce, scanradh uafásach a fuair mé beagnach dochloíte. D'fhág muid ár scíonna faoin gcladach, agus sinn ag dreapadh suas na carraigeacha reoite sleamhna aistreánacha… agus ansin chuala mé siosarnach. *Chonaic* mé nathair dhubh, siúd is go raibh sí cineál doiléir nó éagumhachtach le hamharc. Agus sinn ag dul ar aghaidh, bhí an nathair ag teacht i m'aice, agus í ag iarraidh sclamhadh a thabhairt fúm.

83

Péist an Mheán Oíche in Ikaalinen

"Is beag sracadh atá fágtha inti," arsa Bladh. "Bí ag áitiú ort féin nach bhfuil cloigeann aici." Ghlac mé comhairle, agus ceart go leor baineadh an chloigeann den nathair, a bheag nó a mhór. Mhair sí ag bagairt sclamhadh orm agus ag siosarnaigh, ach ba bheag aird a thug mé uirthi anois. Mar sin féin, bhí an sceimhle ag teannadh orm, agus sinn ag druidim leis an teach.

Ba é seo teach na n-uafás anois, agus é tréigthe le corradh is dhá scór bliain. Ar an taobh amuigh ní aithneofá ó na botháin tréigthe eile é, agus nuair a chaith muid súil isteach ansin, ní fhaca muid de chuimhne ar an úinéir ach leathanach buí páipéir agus réalta aon bheara déag air, chomh maith leis na litreacha úd *O.Q.* Mhothaigh mé, áfach, nach ligfeadh mo chroí dom dul isteach, agus tonnta an sceimhle ag teannadh orm arís agus arís eile. Bhí sé ag dul rite liom oiread is aon choiscéim amháin a thógáil ar aghaidh. Bhí fonn orm luí síos i mo spréiteachán nó an áit a fhágáil i mo dhiaidh ar an toirt, nó fiú *dul sa mhuineál ar Bhladh*. Cén fáth faoi rothaí na gréine ar thug an diabhal fear sin anseo mé? Eisean a chuir ar bhealach mo mhíleasa mé. Ghlac mé fuath chomh fíochmhar ar Bhladh is gur dhóbair dom é a mharú. Baineadh stangadh asam nuair a chuala mé ag labhairt é. Bhí an áit ag imirt a tionchair airsean chomh maith, de réir dealraimh, ó bhí sé ag caint de ghuth mhúchta chreathánach: "Anois, a bhuachaill, beidh sé thart i gceann tamaill… caithfidh muid teacht ar an mball is mó naimhdeas… seachain an clár lofa ansin."

Ní raibh ach cupla méadar le siúl againn, ach shílfeá gurbh é an tsíoraíocht é. Mhínigh Bladh dom gur san áit ba mheasa naimhdeas a thiocfaimis ar an gcriostal dubh. Sa deireadh fuair muid i gclúid thiar thuaidh an tseomra é. Ba ansin a bhí iarsmaí an chairpéid, agus chuir Bladh i leataobh iad. Na cláir faoin gcairpéad, ní raibh siad ceangailte dá chéile go rómhaith. Rug Bladh ar chasúr ón mála droma le trí chlár a chasadh ar leataobh. Ba chóir dom lámh chuidithe a thairiscint do mo chara, ach ní raibh an oiread sin lúth ionam. Bhí mé ag iarraidh breith ar mo stuaim, má bhí a dhath fágtha di. Chonaic mé réaltaí dubha na spás toirmeasctha... na seantaicí ag croitheadh a sciathán thart timpeall... na *dholis* ag dreapadh amach as a gcuid pluaiseanna. *Iä! Iä! Tsathoggua!* An machaire sneachta taobh amuigh—nach i dtír thoirmeasctha Kadath a bhí muid anseo, i ndiaidh an iomláin? Cloch dhubh Mnar... an chloch dhubh... *Zathucker kommt, wenn die Kristalle rot...*

"*Ph'nglui mglw'nafh Cthulhu R'lyeh wgah'nagl fhtagn!*"

Tháinig mé de gheit chugam féin. Ba é Bladh a scairt na focail sin, agus an chuma air go raibh sé féin ar tí titim i bhfanntais. Bhí sé ag coinneáil ciste beag iarainn idir a lámha, ciste a bhí rua le meirg, agus chaith mo dhuine amach ar an bhfuinneog ar theann a dhíchille é. Bhí aghaidh mo chara báite in allas.

Nuair a bhuail an ciste an talamh amuigh, mhaolaigh ar an scanrú ábhar beag. "Anois," arsa Bladh, "tá an dara cuid is measa thart."

"An *dara* cuid is measa?"

"Nach ndúirt mé leat go gcaithfidh muid smionagar a dhéanamh den chriostal. Roimhe sin tá an ciste le hoscailt. Mé féin a osclós é, ach ós ionatsa atá urra na hóige, fágaim fútsa an criostal a smiotadh." Thóg Bladh siséal as an mála agus amach ar an doras leis.

Péist an Mheán Oíche in Ikaalinen

Lean mé sna sálaí é, ag déanamh iontais, an dtiocfadh liom mo chion féin den obair a chur i gcrích…

Chaith Bladh na cianta cairbreacha—mar sin a chonacthas domsa é—ag crágáil leis an gciste, go dtí gur éirigh leis é a oscailt. Ansin a bhí sí, an chloch dhubh, agus í ar maos le holc gach cineál págántachta. Ní chromfainn uirthi ar ór ná ar airgead… agus an t-oileán ar fad ag cur thar maoil le nathracha nimhe.

"An bhfaca tú nathair?" a d'fhiafraigh Bladh. Bhí sé ag iarraidh geáitsí magaidh a ligean air, ach má bhí, stiúg a chuid focal thíos sa scornach aige, agus é ag ligean lagliú mar a bheadh mac tíre gortaithe ann. Bhain mé an oiread sin misneach as a chuid focal is gur éirigh liom greim a fháil ar an gcloch. Bhí sí thart ar fiche ceintiméadar ar fad agus deich gceintiméadar ar leithead, agus í ar comhdhéanamh le criostal neamhrialta. D'aithin mé comharthaí dothuigthe greanta uirthi. Le fírinne ní raibh mórán meáchan ann, ach ina dhiaidh sin féin bhí ag sárú orm í a thógáil. Rinne mé mo dhícheall á hardú go dtí go raibh sí ar comhairde le mo phreiceall, ach ansin chaith mé uaim in éadan faobhar carraige í.

Bhain an chloch lasóg uaine tine as an charraig, agus tuilleadh nathracha á nochtadh thart timpeall orainn le solas na lasóige. Ní thiocfaimis as seo i seilbh ár dtrí splaideog céille… *Tibi, Magnum Innominandum, signa stellarum nigrarum et Bufaniformis Sadoguae sigillum… Kutunluu ve'essä nukkuu, Satakuua maan sisässä…* seo chugainn É féin…

•

Chroith Bladh an t-iomrall díom. Caithfidh mé a rá gur sháraigh sé sáirsint an airm féin agus na heascainí is na maslaí a bhí aige, ach ba é sin an t-aon leigheas a bhí fágtha.

"Tús maith leath na hoibre," arsa Bladh go sásta. An chloch a bhi sé a mhaíomh, agus ceart go leor bhí giota beag briste dá taobh. Thóg sé an casúr is an siséal, chuir sé barr an tsiséil ar an scoilt agus thug tailm den chasúr do chos an tsiséil.

Bhí an t-oileán ar barr lasrach le tine uaine, agus nathracha is arrachtaigh dho-ainmnithe á nochtadh ar fud na háite. Caithfidh sé gur chualathas an liú neamhdhaonna ó cheann go ceann an locha. Bhí an talamh féin ag creathnú fúm, agus péisteanna mo chuid tromluithe ag múscailt. *Iä! Tsathoggua!*

Tháinig mé chugam féin i gceann cúpla nóiméad. D'inis Bladh dom go raibh néal ann féin ar feadh tamaill bhig, ach má bhí, fuair mé ina dhúiseacht romham é. Thóg sé buidéal leathair as an mála droma agus chaith siar slogóg mhaith. Bhí an chloch dhubh ina dhá leath in aice leis.

"Tá sé thart anois, agus deoch tuillte ag an mbeirt againn," arsa Bladh, agus é ag síneadh an bhuidéil chugamsa. Branda a bhí ann, agus ní raibh an dara cuireadh de dhíth orm le slogóg a bhlaiseadh de. Bhí mé tuirseach traochta.

"Meas tú, an i bhfad ar shiúl a chonacthas an lasair uaine?" a d'fhiafraigh mé de Bhladh.

"Ní fhacthas ná baol air," arsa seisean. "Ní raibh ann ach seachmall súl a tháinig as d'intinn. Ní sháraíonn raon an chriostail sin fiche méadar, agus mar sin, diabhal an drae sonrú a chuir aon duine ann. Anois, caithfidh muid an dlaíog mhullaigh a chur ar an obair seo."

Péist an Mheán Oíche in Ikaalinen

Rinne muid conamar mion den chriostal. Bhí na lasracha uaine is na nathracha le feiceáil ar dtús, ach de réir a chéile d'imigh na hiarmhairtí seo, go dtí nach raibh a dhath fágtha díobh. Sa deireadh thug muid athchuairt ar an tseanbhallóg. Bhí aithne an naimhdis le mothú uirthi i gcónaí, ach ní raibh a dhath ann i bhfarradh is an scanrú a fuair muid nuair a bhain muid amach an áit an chéad uair.

An áit ar tháinig muid ar an gciste, bhí clocha ar cóimhéid le dornán duine agus iad suite in aice le chéile ar déanamh réalta aon bheara déag. Scaip muid na clocha seo amuigh ar an loch reoite. Nuair a thiocfadh an chéad choscairt san earrach, shlogfadh an loch iad agus bhainfí an urchóid díobh. Ina dhiaidh sin féin, bhí Bladh ag cronú rud éigin i gcónaí. Bhí sé ag cnagadh thart faoin mballóg tí, ag tochailt sa talamh leis an siséal, go dtí gur chas sé ceann de na cláir urláir dá áit, agus mise ag cuidiú leis an iarracht seo. Agus nach ansin a bhí an rud cronaithe: seanchnámh minsí—*kutunluu*—agus dhá shiombail greanta uithi. D'aithin mé ceann acu: an réalta aon bheara déag a bhí ann arís. An comhartha eile, áfach, ní dhearna mé bun ná barr de. Mhínigh Bladh dom gurbh iad an deich réalta is gile i réaltbhuíon an tSaighdeora.

"Bhuel, thiocfadh linn triail a bhaint as seo ag iarraidh iasc a bhladar in eangaigh," arsa Bladh, agus é aerach aigeanta arís mar ba dual dó. "Nach trua go gcaithfidh muid an deismireán seo a chur ó mhaith mar seo, agus an dúspéis a chuirfeadh lucht na heitneolaíochta ann." Chaith sé an chnámh ar an urlár agus rinne smidiríní de le sáil leathbhróige.

89

An Leabhar Nimhe

Ag fágáilt na háite dúinn d'amharc mé ar an uaireadóir, agus chonaic mé nach raibh ach leathuair an chloig caite againn san oileán, siúd is gur chosúla le leath na síoraíochta é, an dóigh a ndeachaigh sé i bhfeidhm orm. Rinne mé iarracht aithris a dhéanamh ar ghothaí magúla mo chara agus d'fhiafraigh mé de, an raibh mo chuid gruaige éirithe bán. "Níl, ná fiú liath mar ba chóir," a d'fhreagair sé.

Chaith muid súil ar an leath thuaidh den oileán fós. Cró faoi thalamh a bhí ann, agus an doras briste isteach. Bhí bearna mhór dhubh ar oscailt sa bhalla cúil. D'fhill an sceimhle orm. Bhí tasc eile le cur i gcrích againn i gcónaí... Bhí mé chomh tuirseach is gur fhiafraigh mé de Bhladh, nach dtiocfadh linn an obair eile seo a chur in athló.

"Tá sé as an áireamh ar fad. Tá an phéist meabhrach ina bhfuil ar obair againn, siúd is gur leasc léi teacht amach fad is a mhaireas an ghrian ag taitneamh. Tá sé thar a bheith contúirteach í a fhágáil saor oiread is oíche amháin a thuilleadh."

Agus sinn ag fágáil an oileáin inár ndiaidh, rinne muid poll sa leac oighir le smionagar na cloiche a chroitheadh isteach san uisce, maille leis an gciste. A chead ag an iomlán dearg sin fanacht i dtóin phoill go Lá an Luain!

Ghabh mé mo leithscéal le Bladh go raibh mé ar shéala tabhairt isteach don leisce, ach ba chuma leis faoi sin. "Agus na cúrsaí mar atá siad tháinig an bheirt againn go sásúil as," ar seisean. "Agus leoga, ag glacadh leis go raibh a fhios againn roimh ré cad é a bhí i ndán dúinn, samhlaigh duit chomh taismeach a d'éireodh don té *nach* mbeadh a fhios aige é. Is beag an cuidiú duit urra do chuid matán agus misneach do chroí in éadan an chineál sin sciath chosanta. Is é an rud is tábhachtaí ná gan ligean don sceimhle an lámh in uachtar a fháil ort. Agus ar ndóigh, bhí cumhacht na cloiche sin ag trá is ag tréigean cheana féin. Dhá scór bliain ó shin ní bheimisne muid féin in ann a dhath a dhéanamh, cuma cé chomh heolach a bheimis ar bhealaí an chriostail."

"Más ea, cad é mar a d'éirigh le lucht díolta na feola a gcuid tráchtearraí a thabhairt isteach don oileán, mar a rinne siad?"

"Bhuel, is féidir maolú ar an ngléas sin, mar a bheadh gnáthradar ann. Chasadh Rolfwén an criostal as, agus súil aige le cuairteoirí."

D'fhill muid ar an óstán le tionnúr maith codlata a dhéanamh roimh an gcuid dheireanach dár misean. Fuair muid litir ó N romhainn in oifig na bhfáilteoirí. Ag déanamh a bhrobhsála trí sheaneagrán an nuachtáin áitiúil ón mbliain 1895 dó, bhí sé i ndiaidh teacht trasna ar sheanghrianghraf de Rolfwén a chuir sé chugainn. Reanglamán óg fir a bhí ann, mar Rolfwén, agus cuma na dáiríreachta air: aghaidh chúng, éadan ard, agus smig a bhí ag gobadh ar aghaidh. Ba é sin an namhaid féin anois, agus bhí muid admhálach, leath in éadan ár dtola féin, go raibh meas mór againn air, cumasach is uile mar a chruthaigh sé ag plé le fórsaí an dorchadais, lena lá.

Nuair a thosaigh muid ag ullmhú an dara turas, bhí sé ag teannadh anonn sa lá cheana féin. D'oscail Bladh mála beag taistil a bhí leis, agus é á láimhdeachas iontach cúramach. Baineadh scanradh asam nuair a tuigeadh dom gur dinimít a bhí ann. D'iompair muid an mála amach go faichilleach, agus cheangail muid é den tsleamhnán a bhí faighte ar cíos ag Bladh. Bhí sé deacair an gléas siúil seo a tharraingt ar an leac oighir: an té nach mbeadh sásta cor fada a chur de, chaithfeadh sé dul le fána ghéar, cleas a raibh a phriacal féin ag dul leis, agus an sleamhnán lán dinimíte. Ba dual do Bhladh an bealach is géire a roghnú: an tsráid úd Tenkooli ó dhoras an óstáin go dtí an trá. Thiomáin muid an sleamhnán síos an bóthar seo, mise á stiúradh a fheabhas is a thiocfadh liom, agus Bladh ina shuí air ag coinneáil ghreim an fhir bháite ar an mála is na scíonna. Nuair a bhí an trá bainte amach againn, lig muid scíth, chuaigh muid ar na scíonna agus thosaigh ag tarraingt an tsleamhnáin inár ndiaidh. Bhí an ghrian ina luí cheana féin, agus an dorchadas ag teannadh orainn go géar gasta, nó nuair a bhain muid amach Ruutinkari i gceann leathuair an chloig, ba iad na réaltaí an t-aon solas amháin a bhí ann. Ó bhí an criostal dubh briste, ní raibh nathair ná eireaball nathrach le feiceáil a thuilleadh; ach mura raibh, bhí scanradh de shórt eile ag sleamhnú orainn. Nó ansin, thíos i gcró na bpréataí, a bhí an tArrachtach i bhfolach, Péist an Mheán-Oíche, an t-ainmhí céanna a bhí ag caitheamh a scátha ar Ikaalinen leis an oiread sin blianta anuas. Chonacthas dom gur chuala mé rud éigin ag dreapadh aníos go trom malltriallach le linn an bheirt againn a bheith ag dul i dtír i Ruutinkari.

Thuas ar an gcarraig dó tharraing Bladh lán a scamhóg d'aer leis an scairt mhídhaonna úd a liú a bhí in ann stangadh a bhaint asam nuair nach raibh ann ach monabhar íseal. Chuala mé tormán as cró na bprátaí, agus tháinig an phéist amach. Bhí cineál

92

loinnir thaibhsiúil ina craiceann. Ansin a bhí sí faoi dheireadh, an phéist ón ollchruinne eile, Péist na hOíche, searbhónta do Tsathoggua dubh gan chlí gan chruth, an Phéist chéanna a d'éilíodh íobairtí fola agus a bhíodh á hadhradh faoi cheilt!

Chaith muid ár gcuid dinimíte i dtreo an chró agus chuaigh muid ar foscadh an dá luas is a d'fhéad muid. Bhodhraigh an phléasc sinn go ceann tamaill fhada, bhí smionagar cloiche ag titim inár dtimpeall mar a bheadh báisteach ann, agus chuaigh macalla na maidhme ó cheann ceann an locha. Níor fágadh den chró ach moll mór cloch, agus deatach is droch-bholadh ag éirí uaidh. Thit an simléir is an balla thuaidh le teann na pléisce, agus an t-earrach a bhí chugainn tháinig fir ó Ikaalinen isteach le conablach an tí a réabadh as a chéile agus a thabhairt leo mar chonnadh le haghaidh thine chnámh Fhéile Eoin.

Is beag is cuimhin liom an dóigh ar fhill muid ar an óstán le tacsaí a thógáil go Tampere. Nó tháinig cuimhne eile ina leaba, cuimhne a bhíos do mo chrá le tromluíthe ó am go ham: *bhí ceannaithe an duine dhaonna ag an bPéist úd, ceannaithe Ghöran Rolfwén agus iad curtha as a riocht ag an bhfuath is ag an bhfearg, agus nuair a bhí muid ar tí an dinimít a chaitheamh isteach, scairt sé de shiosarnaigh neamhdhaonna: "Tiocfaidh mé ar ais!" Nó ní dual do Phéist na hOíche bás a fháil, gheobhaidh sí comhartha ó na réaltaí toirmeasctha nochtadh ar dhroim an domhain arís, agus ar a lorgse a thiocfas an Té a bhí ina uafás leis na cianta cairbreacha anallód, Tsathoggua Dubh gan Chlí gan Chruth!*

Paappana
nó
Ceol Erkki Santanen

Tamall maith ó shin, bhí iomrá ar Phaappana ar fud na cathrach seo againn mar áit teagmhála gan a leithéid eile don aos óg. Ba é an ceol a tharraing ansin iad, ar ndóigh, an ceol beo a d'eascair as méara na n-ógánach féin, as na giotáir leictreacha, as na dord-ghiotáir, as na sintéiseoirí agus as na foirne drumaí.

Daoine óga de gach uile shórt bhí siad ag déanamh oilithreachta go Paappana. Pé áit a gcasfaí cupla déagóir ort chloisfeá ag scéalaíocht faoi Phaappana iad, faoi na ceolfhoirne den chéad scoth a bhí ag seinm ansin ag an gceolchoirm dheireanach nó ag tob-sheisiún éigin. Agus ní raibh ach focail mholta le rá acu faoi na bannaí. "Chuala mé 'Ceithearnaigh na Cinniúna' ag seinm i bPaappana, agus creid uaim go raibh siad tar éis an-chraiceann a chur díobh ó chuala mé an uair dheireanach roimhe seo iad. Tá dóigh ar

94

Paappana, nó Ceol Erkki Santanen

leith ar fad ag Make ar an ngiotár, agus dá gcloisfeá an dreas sóló a bhain Kake as a chuid drumaí. Na rithimeanna sin! Shílfeá go bhfuil ceithre lámh aige ar a laghad. Agus fan leat go n-insí mé an chuid is fearr den scéal: d'fhoghlaim Jokke amhránaíocht a dhéanamh—tá guth aige anois a chuirfeadh náire ar an gcuid eile acu!"

Sin é an port a bhí á chanadh acu siúd a bhí ag freastal ar Phaappana. Nó bhí draíocht as an ngnáth ag roinnt leis an áit, ó thaobh an cheoil de ar a laghad. Rinne Paappana máistir a cheirde den fhonnadóir nach raibh ach breacghealladh faoi roimhe sin, agus maidir leis an té nach raibh in ann ach cupla nóta a bhaint as an dordghiotár—an té nach raibh ag casadh ceoil ach amháin le gar a dhéanamh dá chairde—d'aithin sé go raibh seinm aige i ndiaidh an iomláin, agus gur theastaigh uaidh go géar tuilleadh a fhoghlaim.

Creidtear go fairsing gurb ionann rac-cheol agus drugaí, ach má chuaigh tú go Paappana, chonaic tú nárbh ea, ansin. Ba é curfá na háite gurbh é an ceol an druga ba láidre amuigh. Iad féin a raibh blas acu ar an mbiotáille nó ar an marachuan, chaith siad uathu an buidéal agus an dúidín nuair a chuala siad binneas na háite sin.

Ar ndóigh, samhlaítear collaíocht agus craiceann leis an gcineál seo fonnadóireachta fosta. Bhuel, má bhí grá ag teastáil uait, bhí sé chomh maith agat aghaidh a thabhairt ar Phaappana. Ansin, bhí gliondar ar gach croí, agus na cailíní ab áille, bhí siad sásta freagairt go múinte cairdiúil do cheiliúr an bhuachalla chúthail féin. Rinneadh na cleamhnais ab éadóchúla i bPaappana.

An Leabhar Nimhe

D'fhéadfadh banríon an dioscó féin titim i ngrá le tiarálaí na leabhar, nó thabharfadh strapaire an chóta leathair taithneamh do chailín chiúin na spéaclóirí troma. Agus mhair an grá sin i bhfad i ndiaidh na chéad teagmhála, cé nach raibh súil ag aon duine leis roimh ré.

Sin é an saghas áit a bhí i bPaappana, an club rac-cheoil i bhfoirgneamh na seanmhonarchan. Is é sin, Paappana a bhí ar an mbruachbhaile go léir, ach ina súile siúd a raibh cónaí orthu sa chuid eile den chathair b'ionann Paappana agus an mhonarcha. Ní raibh cónaí i dtithíocht fhuarlofa an cheantair féin ach ar mhionchoirpigh is ar lucht déirce, ar alcólaigh chúlsráide agus ar dhaoine dífhostaithe, agus ní thagadh aon duine ar cuairt chucusan. Bhí roinnt seandaoine cneasta macánta ann freisin, pinsinéirí nár cheadaigh an t-airgead dóibh slán a fhágáil ag an gcompal. Nuair a thosaigh club na gceoltóirí ag obair sa tseanmhonarcha, bhí na daoine seo doicheallach drochamhrasach roimh an muintir isteach, agus iad buartha go dtiocfadh lucht drugaí sna sálaí ag na fonnadóirí—ba íorónta an scéal é imní a bheith orthu faoi sin, i bhfianaise chomh tugtha is a bhí an chuid ba mhó de mhuintir an cheantair don ól. Ach is maith an t-eadránaí an binncheol, agus i ndiaidh dóibh féin dreas éisteachta a bhaint as a raibh idir lámhaibh ag lucht an chlub tháinig an chuid ba mhó de bhunadh an cheantair ar an gconclúid go raibh sé go deas ar fad daoine óga díograiseacha a fheiceáil timpeall a chuir cuma ní ba bhíogúla ar an gceantar.

Bhí an club ag cur thar maoil le ceoltóirí den scoth, ach má bhí féin, bhí duine amháin ann a dhearscnaigh thar an gcuid eile acu. Erkki ab ainm dó, agus is é an sloinne a bhí air ná Santanen. Fear óg aigeanta a bhí ann arbh é an ceol réalt eolais a shaoil, ach mar sin féin, bhí sé ina chaidreamhach mhaith agus é breá sásta cluas éisteachta a thabhairt do dhaoine eile le fáil amach faoi, an raibh an dúil chéanna acu in aon rud sa saol agus a bhí aige féin sa cheol. Má bhí, d'fhágfadh sé go réidh cead cainte ag an duine eile agus thabharfadh sé aird mhaith ar a chuid focal. Mura raibh, dhéanfadh sé a dhícheall le míniú dá chéile comhrá cén fáth a raibh sé chomh tábhachtach cúis agus cuspóir a bheith agat a choinneodh ag imeacht thú. Sin é an cineál fear a bhí in Erkki Santanen, nuair a bhí sé ar a sheanléim go fóill. Má bhí suim aige sa cheol, bhí suim aige sna daoine eile chomh maith, agus sa deireadh thiar thall, b'ionann an dá shuim.

Nuair a bhí saol agus ceol Phaappana i mbarr a maitheasa, ba é Erkki Santanen ab fhearr a d'ion-chollaigh an spiorad ba dual don chlub. Ach in imeacht ama, thosaigh saol na háite ag dul as alt, díreach mar a chuaigh Erkki féin ar seachrán. Ó, tá a fhios agam an chéad rud a rithfeas leat, ach ní mar sin a bhí. Ní raibh drugaí ná druncaireacht ann. Ní raibh ann ach gur chaill sé a shuim sa chaidreamh agus sa chairdeas. Tháinig coinnle aisteacha ina shúile, agus faobhar fanaiceach ar a ghuth. Bhí sé ag dréim le ceol de chineál nua, le foirfeacht nach mbeadh a leithéid ar fáil ar domhan, agus in áit a bheith ag jeamáil leis na ceoltóirí eile, thosaigh sé ag sculcaireacht leis féin thíos sa soiléar agus ag úthairt leis ag a shintéiseoir lena cheol féin a chumadh.

An Leabhar Nimhe

Agus na daoine a fuair cead nó faill éisteacht lena raibh idir lámhaibh ag Erkki anois, fágadh faoi sceimhle is faoi scanradh iad go léir. D'imigh duine acu leis an ngaoth ar fad, agus chuir sé lámh ina bhás féin i ndiaidh dó dhá mhí a chaitheamh i dteach na ngealt. Ba chuma nó vaits le hErkki faoi sin, áfach, arae bhí sé chomh doirte dá chuid ceoil agus nach mbacfadh sé leis na daoine eile a thuilleadh—ba chuma leis cé acu beo nó marbh dóibh.

Ceol neamhshaolta ar fad a bhí ann. Is beag duine a chuala é, nó chaill an chuid is mó de sheanchairde Erkki gach teagmháil leis de réir mar a chúb sé isteach chuige féin. Mar sin féin, bhí cead isteach ag roinnt dhaoine chuige, agus iad siúd a bhí sásta cur síos a thabhairt ar a raibh cloiste acu, is éard a dúirt siad go raibh rithimeanna ann nach raibh ag teacht le chéile ná leo féin, agus nuair a bheifeá ag éisteacht leis an gceol sin, rachadh gach sórt smaointí aisteacha tríd an intinn agat, díreach faoi mar a bheifeá faoi thionchar na ndrugaí sícidéileacha. D'fheicfeá dathanna nach bhfaca tú le súile do chinn féin riamh, gheofá radharc ar thíortha agus ar chathracha coimhthíocha faoi spéir eile, ar phláinéad eile, agus d'aithneofá arrachtaigh aisteacha eachtardhomhanda ar shráideanna na gcathrach úd.

Ba é sin ceol Erkki Santanen duit, ceol nach rachadh chun sochair do shláinte d'intinne ar aon nós. Agus ba é an ceol seo a chaill club Phaappana i ndiaidh an iomláin. Nó thosaigh Erkki ag cur as do na daoine chomh ciúin, chomh tostach, chomh seachantach, chomh haisteach ina nósanna is a d'éirigh sé. De réir mar a chúlaigh Erkki isteach ina dhomhnán féin, thréig an seanspiorad an áit. Bhí smúit ar na ceoltóirí anois, smúit a d'fhág a smál ar an gceol féin. Chuaigh siad ar lorg ionad jeamála i mbruachbhailte eile, agus staon an lucht féachana agus éisteachta ó bheith ag teacht. Sa deireadh thiar, fágadh an foirgneamh faoi Erkki, Erkki Santanen a bhí iompaithe ina éan chorr ar fad, nó ní dheachaigh rásúr ar a fhéasóg dhruidte le fada, ná cíor ar a ghrágán mór gruaige. Shílfeá gur fear buile a bhí ann, nó fear uaimhe ó laethanta na cloch-aoise, nó an dá rud.

Ansin, chuaigh Erkki ar iarraidh. A raibh fanta de chairde aige níor thug siad tuairisc ar bith air seo do na póilíní ar dtús, nó mar a shamhlófá le fear a raibh a leithéid de dhroch-chuma air, d'imíodh sé as radharc in amanna, ar lorg déirce nó inspioráide, ach thiocfadh sé ar ais sa deireadh. Anois, áfach, ní raibh fios ná faisnéis ar fáil. Ní fhacthas ina chuid seanghnáthóg é a thuilleadh, agus nuair a chuaigh duine de lucht a aitheantais go Paappana, chonaic sé go raibh a chuid uirlisí ceoil ag bailiú dusta ansin. Tuar tubaiste a bhí ann. Cé go raibh an fear ag dul ar an drabhlás ar fad, fuair sé an-tábhachtach i gcónaí caoi, snas agus slacht a choinneáil ar na hionstraimí. Déanta na fírinne, anois agus é ag díriú ar an gceol mar aonchuspóir saoil, bhíodh sé ní ba chúramaí ag tabhairt aire dá ghléasra ná riamh roimhe sin, cé go raibh a phearsa féin ag dul chun cosúlachta leis an Néandartálach.

Shiortáil na póilíní an tseanmhonarcha ó urlár go síleáil, agus ansin, chíor siad an ceantar go léir, ach níor tháinig siad ar an bhfear óg ná ar a chorpán. Bhí a fhios acu cupla fear a bheith ina gcónaí sa cheantar a raibh tromchionta déanta acu ina n-óige agus pionóis fhada curtha isteach acu sa phríosún. Croscheistíodh na fir seo go dian, ach ní raibh siadsan in ann cabhrú leis na póilíní ach an oiread. Le fírinne mhóidigh siad nach rithfeadh leo choíche dochar ná díobháil a dhéanamh d'aon duine de na fonnadóirí óga. B'oth leo féin an dóigh ar imigh an ceol as an gceantar, agus iad breá sásta lena raibh á dhéanamh ag na ceoltóirí óga a fhad is a mhair sé. An póilín a bhí i gceannas ar an bhfiosrú bhí sé barúlach go raibh na seanchoirpigh ionraic ag séanadh a mbainte leis an dóigh a ndeachaigh ceal in Erkki, agus mar sin, scaoil sé saor leo chomh túisce is a bhí sé tar éis a gcuid focal a bhreacadh síos le haghaidh na cartlainne.

D'imigh bliain i ndiaidh bliana agus ligeadh laethanta órga na seanmhonarchan i ndearmad. Nó ar ligeadh, i ndáiríre? B'fhéidir nár ligeadh, tar éis an tsaoil. Na lánúineacha a thit i ngrá i bPaappana, phós siad, an chuid ba mhó acu ar a laghad. Ní raibh siad ábalta a gcuimhní cinn ar an áit a ruaigeadh as a smaointí, nó bhí a fhios acu go maith nach rachadh an brat pósta orthu choíche, ach go bé go raibh club na gceoltóirí i bPaappana ann, tráth den tsaol. San am chéanna, bhí a fhios acu go raibh rud éigin corr sa tseanmhonarcha sin. Sheachnaíodh muintir an cheantair í, cé go sílfeá go mbeadh saint ag cuid acu, ar a laghad, ina raibh fágtha ag na ceoltóirí ina ndiaidh. Bhí fuinneoga móra ann, mar is dual do na seanmhonarchana as brící dearga, agus an té a rachadh thar bráid, d'aithneodh sé gléasra ceoil Erkki Santanen istigh ansin. Cén fáth nach ngoidfeadh sé na hionstraimí, ó bhí an fear óg ar leis iad ar lár le roinnt blianta anuas? Ach má bhí an t-úinéir féin ar shiúl, ní raibh fonn imeachta ar na huirlisí ceoil, de réir dealraimh. Ba leasc leis na daoine dul isteach nó baint do na giúirléidí. Ar shíl siad go raibh geasa de chineál éigin ag roinnt leo?

Bhí an scéal seo chomh haisteach is gur thosaigh dornán fir óga a raibh aithne acu ar a chéile ó laethanta Phaappana ag teacht le chéile go tráthrialta le cuimhneamh ar an gclub agus—de réir a chéile—le turas taiscéalaíochta a phleanáil. Ba é an duine a bhí i gceannas orthu ná staraí óg arbh ainm dó Robert Bladh. Bhí sé go díreach tar éis céim a bhaint amach ón ollscoil, ach rud eile fós, bhí uncail—nó garuncail b'fhéidir—aige a fuair bás cúpla bliain roimhe sin, seanfhear darbh ainm Herbert Bladh, a d'fhág ina dhiaidh cartlann iomlán doiciméad agus nótaí faoi chúrsaí briotaise. Agus is é an bharúil a bhí ag Robert gurbh fhéidir go mbeadh cuidiú sna doiciméid sin leis an té a rachadh ag taighde rúndiamhra Phaappana.

Briotais a deir tú? Cheapfá nach raibh ann ach fastaím do na seanchailleacha. Ní mar sin a bhí, áfach. Agus é ag déanamh a phóirseála i measc dhoiciméid a uncail, tháinig Robert ar fhianaise a thaispeáin go raibh an seanfhear tar éis turas rúndiamhair a thabhairt ar Ikaalinen, cathair bheag in iarthar na tíre, le cineál arrachtach a chur faoi chónaí. Is é an scéal a bhí ann ná go raibh fear darbh ainm Göran Rolfwén—fear léinn a chuaigh le briotais agus le misteachas—i ndiaidh cineál ollphéist neamhshaolta a ghairm chun beatha lena leas féin a bhaint aisti. Ní raibh sé in ann an t-arrachtach a cheansú, áfach, agus mar a d'iompaigh an scéal amach, chuaigh an ollphéist chun cearmansaíochta ar fad ar Rolfwén agus d'éalaigh sí uaidh le cur

fúithi in Kyrösjärvi, an loch álainn timpeall ar
Ikaalinen. Chaith an t-arrachtach na scórtha blianta ag
rith damhsa sa loch agus ag déanamh mioscaise.
D'fhéadfadh sé an bhó a mharú a bhí ag innilt ar an
lantán chois locha, cuir i gcás, nó lámhacánaí beag
páiste a sciobadh leis ón gcladach. Uaireanta, d'ionsaí-
odh sé na báid a bhí ag trasnú an locha. Ó nach raibh
muintir an chompail in ann bun ná barr a dhéanamh
de na hionsaithe seo, ní raibh siad ábalta deireadh a
chur leo ach an oiread. Ní raibh moill ar Herbert
Bladh, áfach, beart a chur le briathar nuair a gheall sé
d'fhear óg léannta ó Ikaalinen an phéist a ruaigeadh as
an ollchruinne seo ar ais go dtí an diminsiún idir
eatarthu as ar tháinig sí an chéad uair riamh.

Nuair a thosaigh Robert ar an téad seo, is é an tátal
a bhain na daoine eile sa chiorcal as, ar dtús, go raibh
a chiall ag teip ar an bhfear bocht. Bhí sé stuama mar
ba dual dó, áfach, agus ní raibh sé claonta i leith na
bpiseog riamh. Bhí sé ina gheocach ríomhairí nuair a
bhí sé óg, agus é an-tugtha don tsaoldearcadh eolaíoch
a dhiúltaíos do gach cineál neamhshaoltachtaí. Nuair
a chuaigh sé go Paappana, casadh Tanjapetra Jana-
tuinen air, cailín dathúil nach raibh suim aici, de réir
dealraimh, ach in éadaí áille agus ina cosúlacht féin, cé
go raibh an scoil ag éirí léi réasúnta maith. Mar ba dual
do Phaappana, rinne draíocht na háite lánúin díobh,
agus tháinig athrú ar an mbeirt acu faoi thionchar a
chéile, ionas go ndeachaigh siad ag staidéar staire in
éineacht. Anois, bhí Tanjapetra ag múineadh scoile sa
chathair, agus Robert ag ullmhú tráchtas dochtúra don
ollscoil.

Paappana, nó Ceol Erkki Santanen

Tríd is tríd, ba duine é Robert nach ngéillfeadh do phiseoga: fear mór réasúin agus eolaíochta a bhí ann ó laethanta a chéad óige. Thairis sin, bhí sé ag socrú síos ina fhear phósta anois. Gach seans go mbeadh clann aige i gceann chupla bliain. Mar sin, i ndiaidh an chéad gheit a baineadh astu, bhí a chuid cairde sásta aird a thabhairt ar a raibh le rá aige.

Dúirt Robert go raibh a uncail Herbert i ndiaidh aneolas a bhailiú faoi na himeachtaí neamhshaolta, agus é in ann an chuid ba mhó acu a mhíniú go heolaíoch. Bhuel, cineál eolaíoch a d'fhéadfá a rá. Chaithfeadh Herbert dul i muinín coincheapanna eolaíocha nach raibh glacadh leo go forleathan. Mar sin féin, bhí Robert inbharúla nach mbeadh sé dodhéanta na coincheapanna céanna agus saoltuiscint na fisice nua-aimseartha a chur in oiriúint a chéile. Pé scéal é, ba é an tátal a bhain Robert as saothar a uncail go raibh an seanfhear i ndiaidh dlíthe nádúrtha na "ndiminsiún idir eatarthu" a oibriú amach, ionas go raibh córas nó teoiric ann a bhí ag teacht le chéile. Ba dóigh le Robert go bhféadfá na dlíthe sin a fhoghlaim agus an bhaint a bhí acu le chéile a thuiscint, dá ndéanfá staidéar ar a raibh breactha síos ag an seanleaid lena lá, agus chuir sé an chuid ba tábhachtaí den ábhar sin in eagar le haghaidh a chuid cairde, ionas go bhféadfaidís a gcuid tátal féin a bhaint as teoiricí a uncail.

Sa bhreis air sin, chuaigh Robert i dteagmháil leis an bhfear a thionlaic Herbert ar an turas go hIkaalinen cúpla scór bliain ó shin. Idir an dá linn tháinig liathfholt agus leathbhlagaid ar an bhfear seo, ach ón taobh eile de, bhí sé ina ollamh ollscoile agus ina fhealsamh mhórchlúiteach anois. Bhí an tOllamh buartha brónach ar dtús, ach sa deireadh thiar thall thoiligh sé cuairt a thabhairt ar chiorcal na bhfear óg le scéal a thurais a ríomh is a reic leo, ó bhí Robert inbharúla gurbh fhearr dá chuid comhaltaí bheith eolach ar mhionsonraí na heachtra sin, ar eagla go dtabharfaidís cuairt ar an tseanmhonarcha agus go bhfaighidís rud éigin suaithní nó scanrúil rompu ansin.

D'aithin Tanjapetra ar a fear céile go raibh rud éigin as an ngnáth idir lámhaibh aige lena chuid cairde. Ar dtús, d'fhéach sí lena bheag a dhéanamh den scéal, ach i rith na seachtainí fada thosaigh a foighne ag teip uirthi, agus sa deireadh, chinn sí ar cheist na cinniúna a chur ar Robert. Agus ar ndóigh, ní raibh an fear in ann a bhean chéile a chur ó dhoras. Nó tar éis an tsaoil ba é an club i seanmhonarcha Phaappana a rinne a gcleamhnas don dís acu. Mar sin bhí Tanjapetra i dteideal na fírinne, searbh is uile mar a bhí sí.

Agus d'inis Robert di gach a raibh le rá aige: go raibh seisean agus comhaltaí an chiorcail fiosrach i leith na seanmhonarchan agus gur theastaigh uathu rún Phaappana, más rún a bhí ann, a nochtadh, nó a thuiscint, ar a laghad ar bith. Chaith Tanjapetra tamall fada ina tost ag déanamh a marana ar a raibh ráite ag a fear. Ó thaobh amháin de, b'fhearr léi Paappana a ligean i ndearmad agus sult a bhaint as an saol deas a bhí aici le Robert anois, doirte dílis mar a bhí siad dá chéile i gcónaí. Ón taobh eile de, thuig sí cás a fir go maith. An draíocht a chuir Paappana uirthi nuair a bhí sí ina déagóir, an t-atmaisféar neamhshaolta a thabhaigh a chlú don chlub an chéad uair, ba rud é a chuaigh greamaithe i gcuimhne Tanjapetra, rud a chuaigh go smior inti féin. Ar bhealach, ba leamh an blas a bheadh aici ar an saol i ndiaidh laethanta Phaappana, ach go bé gur phós sí fear a mhothaigh é féin faoin draíocht chéanna, lá.

Dá mbeadh Robert sásta gan dul ag smúrthacht timpeall sa tseanmhonarcha, níorbh é an fear a phós Tanjapetra. Bhí sé chomh simplí sin. Theastaigh fear uaithi ar chuir Paappana cor ina chinniúint, agus má theastaigh, ba é a dheachú go gcuirfeadh an fear spéis sa chor sin, sna fórsaí ba chúis leis.

Mar sin, dúirt Tanjapetra lena fear: "B'fhearr liom anseo thú, seachas amuigh ansin ag iarraidh arrachtaigh a bhréagadh chun solais as an tseanmhonarcha. Ní mé an bhfuil an fothrach bocht ina sheasamh go fóill pé scéal é. Ach is dócha nach féidir leat gan d'fhiosracht a shásamh, agus ar bhealach éigin tuigim duit. Nárbh é club Phaappana a rinne lánúin dínn, i dtús báire?"

Bhí Robert buíoch beannachtach go raibh a bhean chomh tuisceanach seo, ach le fírinne ní raibh sé ag súil lena mhalairt uaithi. Í féin, ba mhaith léi a fháil amach, an raibh rud éigin neamhshaolta ann a mhíneodh an draíocht a bhain le Paappana ar feadh tamaill agus an dóigh a ndeachaigh atmaisféar na háite chun donais ina dhiaidh sin. Bean den tseandéanamh a bhí inti chomh maith, bean arbh fhearr léi an misean scanrúil seo a fhágáil faoina fear, agus cé a bheadh ina dhiaidh sin uirthi? Mar sin féin, bhí a coinsias á priocadh. B'fhéidir gur chóir di, nuair a tháinig an crú ar an tairne, Robert a chosc ar a bheith ag plé le Paappana. B'fhéidir gur chóir di cuairt a thabhairt ar Phaappana in éineacht le Robert agus a chairde? Ach ní ligfeadh a croí a leithéid di, cé gur leasc léi a shíleadh go mbeadh a fear amuigh ansin agus í féin sa bhaile…

D'fhéach sí leis na scrupaill seo a ligean amach ar ghreann. Dar fia, ní raibh ann ach seanmhonarcha i mbruachbhaile nach raibh ach faoi chúpla ciliméadar de lár na cathrach! Agus í féin chomh buartha faoina fear is mar a bheadh seisean ag ullmhú turais go dtí an Pol Theas! Nárbh fhearr di cead a chos a fhágáil ag Robert—ní thiocfadh sé ar a dhath as an ngnáth ansin, agus ba é an dainséar ba mhó a bheadh ann ná go dtitfeadh an fothrach tí sin anuas air!

Ach ón taobh eile de, dainséar a bhí ann féin nár chóir di a bheag a dhéanamh de…

Lig Tanjapetra osna aisti. B'fhearr léi go mbeadh an turas déanta ag na fir cheana féin, agus go mbeadh Robert ag insint a scéil ag bord na cistine. Ar ndóigh ní bheadh arrachtach ar bith ann. D'fhillfeadh Robert abhaile agus thabharfadh sé mionchur síos ar a mbeadh fágtha den tseanmhonarcha. Bheadh áiméar acu dul siar ar bhóthar na smaointe go laethanta Phaappana nuair a bhí saol an chlub i mbarr a mhaitheasa, agus í féin is Robert díreach ag fáil fíoraithne ar a chéile…

Lá de na laethanta, agus an tEarrach ag cartadh iarsmaí deireanacha an tsneachta i leataobh, thug na fir aghaidh ar Phaappana, an bruachbhaile nár tháinig aon duine acu a fhad leis le sé bliana anuas, ar a laghad. Maidir leis na mná—na cailíní a casadh orthu i bPaappana nuar a bhí siad ina ndéagóirí—d'fhan siad go léir sa bhaile, cuid acu buartha, cosúil le Tanjapetra, an chuid eile ag iarraidh magadh a dhéanamh de "phicnic Earraigh na bhfear". "Bhí a gcuid lóistí máisiúnacha ag na fir riamh," mar a dúirt bean acu, cailín darbh ainm Piiajonna, le Tanjapetra, agus í ag gáire go scigiúil. D'fhéach Tanjapetra le gáire éigin a fháscadh aisti féin, chomh maith, ach má d'fhéach, níor mhothaigh sí ach a croí ag crupadh is ag crapadh isteach chuige, agus chuaigh creathnú anuas cnámh a droma mar a bheadh sí préachta le fuacht. Ba aisteach an t-athrú a tháinig ar Phiiajonna i ndiaidh laethanta na scoile, laethanta Phaappana, a rith le Tanjapetra. Nuair a bhí siad ina ndéagóirí, ba í Piiajonna an cailín ciúin cráifeach nach gcuirfeadh suas le gáirsiúlacht, agus Tanjapetra ag déanamh seó bóthair di féin agus ag baint scanradh as na daoine lena cuid mionnaí móra agus leis an trácht neamhbhalbh a dhéanadh sí ar chúrsaí craicinn. Anois, ba í Piiajonna bean an fhocail mhóir agus an bhéil bhoirb, agus ní raibh Tanjapetra in ann a leithéid de gheáitsíocht a shamhlú léi féin a thuilleadh. Le fírinne, agus í ag breathnú ar chuid de na físeáin a bhí fanta ó na laethanta sin, ba náir léi a admháil gurbh ise an rógaire girsí sin. Seo duit arís í—draíocht na seanmhonarchan! Na daoine a thug cuairt ar Phaappana i laethanta órga an chlub, tháinig athrú ó bhonn orthu go léir de thoradh atmaisféar na háite.

Más ceantar bocht a bhí i bPaappana nuair a bhí an club ag obair, chuaigh sé ó mhaith go hiomlán san idirlinn, nó sin é an port a bhí i mbéal na ndaoine i lár na cathrach, ar a laghad. Ní raibh ach cúpla bus in aghaidh an lae ag dul an bealach sin, ó nach raibh gá le tuilleadh acu. Ní raibh ach dornán daoine fágtha ina gcónaí ansin, agus na halcólaigh féin ag tréigean na seantithe, an chuid acu nach raibh ag déanamh créafóige cheana féin. Chuaigh an scéal ar fud na bpáipéar bliain nó dhó ó shin go raibh lucht na ndrugaí neadaithe i bhfothrach éigin sa cheantar—níorbh é fothrach na monarchan é ach teach adhmaid éigin a raibh an fuarlobhadh á chreimeadh le fada—agus gurbh éigean do na póilíní ruaigeadh a chur ar na handúiligh le lámh láidir. Ba iad seo an t-aon dream amháin a bhí ag tarraingt ar Phaappana as a stuaim féin inniu, agus gach uile dhuine eile ag iarraidh slán a fhágáil ag an aistreán sin.

Ar an mbus dóibh, ní raibh de chuideachta ag Robert agus a chairde ach seanfhear amháin. Cabaire cineálta cainteach caidreamhach a bhí ann, áfach, nó nuair a chonaic sé na fir óga ghalánta seo ag dul go Paappana, chuir sé suim iontu agus bhuail sé bleid orthu. Nuair a chuala sé go raibh an tionlacan seo ag dul go Paappana le súil a chaitheamh ar an tseanmhonarcha, bhain sé an tsreang den mhála ar an toirt, nó bhí cumha air féin i ndiaidh laethanta an cheoil, an bláth deireanach a tháinig ar Phaappana.

"Ó, club na gceoltóirí," ar seisean, "is cuimhin liom go maith! Bhí na fonnadóirí ag teacht go Paappana lá i ndiaidh lae, agus an mhuintir óga go léir sna sálaí acu. Muise, togha ama a bhí ann, togha ama! Daoine óga ag baint suilt as an saol, ach, creidigí nó ná creidigí, ní raibh trioblóidí againn le haon duine acu. Le haon duine agaibh ab fhearr dom a rá," ar seisean, agus é ag meangadh gáire. "Ach ar ndóigh, bhí lánúineacha óga ann, buachaillí agus cailíní ag pógadh a chéile agus ag tabhairt croí isteach dá chéile. Ba dóbair duit go mbainfidís truisleadh asat! Bhí an ceantar beo acu san am sin! Sibhse, a stócacha, caithfidh sé go raibh flúirse cailíní agaibh chomh maith nuair a bhí club Phaappana i bpraidhm a mhaitheasa!"

Thaitin an seanleaid leis na fir óga, agus bhí siad breá sásta a admháil gur tháinig gach mac máthar acu ar a bhean chéile i gclub Phaappana. Phléasc an sean-bhreabhsaire amach ag gáire os ard anois, agus thréaslaigh sé a n-ádh leis na fir óga. Ansin, thosaigh siad á cheistiú faoin gcuma a bhí ar Phaappana—ar an gceantar agus ar áras an chlub—ar na saolta seo, agus tháinig malairt gnúis ar a gcéile comhrá. Muise, ar seisean, mura raibh mórán caoi ar Phaappana sna laethanta a bhí, bhí an bruachbhaile i bhfad ní ba mheasa as inniu. Ní bhacfadh sé féin leis an gceantar ar aon nós, ach go bé go raibh seanchara leis ina chónaí ansin, fear nárbh acmhainn dó cur faoi in aon chuid eile den chathair. Bhí an cara ní b'aosta ná é féin, agus théadh sé ag cuidiú leis agus ag freastal air ó am go ham, ó bhí lúth maith ina chuid géag féin go fóill.

Maidir leis an tseanmhonarcha, bhí sí ina seasamh ceart go leor, ach ba leasc le muintir an cheantair dul in aon chóngar di. "Rud aisteach é," arsa an seanfhear go smaointiúil, "tráthnóna amháin cupla bliain ó shin, nuair a bhí mo chara in ann spaisteoireacht a dhéan-amh go fóill, agus sinn ag trácht ar thréimhse na gceol-tóirí óga, rith linn dreas siúil a dhéanamh agus cuairt a thabhairt ar an seanchlub, i ndilchuimhne ar na laethanta maithe. Nuair a tháinig muid ar dheisiúr an fhothraigh sin, ní raibh fonn orainn taobhú leis a thuilleadh. Ní raibh tuirse ar bith orainn, agus san am sin bhí mo chara chomh bíogúil breabhsánta liomsa, ach mar sin féin bhí drogall orainn roimh an monarcha. Le fírinne d'fhéadfá a rá go raibh sórt faitíos orainn

freisin. Pé scéal é, d'iompaigh muid ar ais, agus ní dheachaigh ceachtar againn a fhad leis an monarcha. Agus mar a chuala muid, is iomaí duine eile thart ansco ar baineadh an gheit chéanna as nuair a chuaigh sé i ngaire na monarchan. Seachnaítear an áit go coitianta."

Ábhar bróid a bhí ann don fhear seo, áfach, nach raibh sé piseogach. Nuair a d'fhiafraigh Robert de, ar shíl sé go raibh fórsaí neamhshaolta de chineál éigin ag obair i bhfothrach na seanmhonarchan, shéan sé go glan é, agus dúirt sé go raibh sé náirithe ag an eagla a tháinig air mar sin. Dúirt sé go raibh dóchas aige as Robert agus na fir óga seo, má bhí a leithéid de shuim acu i bhfoirgneamh na monarchan, go ndéanfaidís a siortáil féin ar an bhfothrach agus ar a raibh istigh ansin. Is amhlaidh a bhí an seanfhear inbharúla nach ndearna na póilíní a gcuid oibre go cúramach nuair a tháinig siad ag cuardach Erkki Santanen na blianta ó shin. "Má thugann na daoine creidiúint do na scéalta uafáis a insítear faoi Phaappana," a mhínigh an seanfhear do Robert agus a chairde, "is é is ábhar leis ná nach bhfuil a fhios ag aon duine cad é a d'éirigh don bhuachaill bhocht sin."

Nuair a bhain an bus amach stad Phaappana, d'fhág an seanleaid slán croíúil ag na fir óga, agus é ag impí orthu "jab maith a dhéanamh de". Bhí Robert agus na buachaillí breá sásta le tús a dturais, agus iad ag moladh bhéasúlacht a bhfáilteora as béal a chéile. Bhí siad meáite ar "jab maith a dhéanamh de", i ndáiríre. Ar ndóigh, bhí ábhairín eagla orthu roimh a mbeadh le feiceáil i bhfoirgneamh na monarchan. Bhí gach seans ann go dtiocfaidís trasna ar chnámharlach lom Erkki

Santanen ansin, má b'fhíor d'fhear an bhus nár bhac na póilíní lena gcuid oibre i gceart. Ach, cén dochar dá dtiocfaidís? Is iad na daoine beo a dhéanann na dúnmharuithe. Maidir le hErkki Santanen féin, cé gur éirigh sé cineál cantalach sa deireadh, ba fear lách é lena lá, agus níor chreid Robert gur athraigh sé béasa nuair a fuair sé bás.

Ansin, thug na fir aghaidh ar an tseanmhonarcha. Bhí a fhios acu go maith cá raibh sí, agus ag déanamh a mbealaigh i dtreo an fhoirgnimh dóibh tháinig caint agus comhrá acu: bhí siad ag trácht ar laethanta an chlub, ní nárbh ionadh. Ach, díreach mar a dúirt an seanfhear, bhí balla aisteach dofheicthe ag timpeallú an fhoirghnimh. Nuair a chonaic Robert agus lucht a leanúna an mhonarcha rompu, mhothaigh siad drogall ag teacht orthu féin. Cén diabhal a bhí le déanamh acu anseo? Nárbh fhearr duit bheith i do shuí go te i gcuideachta do mhná céile ag breathnú ar *Hill Street Blues* ar chainéal na sean-sraithscéalta?

Ansin, bhris Robert isteach ar an tost. "Má tháinig an mothúchán orainn go léir san am chéanna, is mothúchán saorga é. Tá gléas éigin ansin atá dár gcur ó dhoras. Siúlaimis linn go bhfaighe muid amach céard atá romhainn ansin."

Lean sé leis ag dul i dtreo na monarchan. Nuair a chonaic an chuid eile acu go raibh sé in ann an faitíos a chloí, tháinig siad sna sálaí aige a fhad leis an bhfoirgneamh.

"Cad é mar atá sibh?" a d'fhiafraigh sé den chuid eile acu. "An bhfuil aon duine agaibh éadrom sa chloigeann, nó a chroí ag luí air?"

Paappana, nó Ceol Erkki Santanen

Ní raibh aon duine den dornán acu chomh dona sin as. "Maith go leor," arsa Robert. "D'inis an t-uncail ina chuid scríbhinní go raibh nathracha samhailteacha le feiceáil timpeall an tseantí ina raibh an t-arrachtach i bhfolach, agus go raibh an t-inmheabhrú ag oibriú ort chomh láidir is go bhfuair duine nó beirt bás le taom croí nuair a shíl siad gur bhain nathair greim astu. Pé gléas atá anseo, dealraíonn sé nach bhfuil sé in ann inmheabhrú den chineál sin a imirt orainn."

"Meas tú, ar chóir dúinn teacht ar an ngléas sin—ar chóir dúinn é a bhriseadh?" a d'fhiafraigh fear de lucht a leanúna.

"Bhuel, ná déanaimis é go fóill. Má tá rud éigin istigh ansin a bhfuil dainséar ann, arrachtach éigin nach bhfuilimid féin in ann a chur faoi chónaí, is fearr an áit seo a fhágáil faoi 'ghlas', le taobhshúil ar an tslándáil choitianta. Is fearr nach dtiocfaidh aon duine anseo leis an dainséar sin a tharraingt anuas air féin."

Shílfeá go mbainfeadh na focail seo geit as na fir, ach ba í an eagla shaorga ón bhfoirgneamh ba mhó a bhí ag déanamh scime dóibh. Bhí sé deacair an faitíos sin a choinneáil faoi chois, an dóigh a raibh sé ag dul i méadaíocht agus iad ag druidim isteach leis an doras mór. D'oscail Robert an doras agus chuaigh sé thar tairseach isteach. Nuair a fuair sé é féin laistigh de chleitheanna an tí, bhí an eagla imithe ar fad. Níor thaise don chuid eile acu é. Tháinig sé aniar aduaidh ar gach uile dhuine acu chomh compordach a mhothaigh siad iad féin istigh ansin.

Ba bheag idir an áit mar a bhí sí anois agus mar ba chuimhin leo í. Le fírinne ní raibh an dusta leath chomh flúirseach is mar a samhlaíodh dóibh roimh ré.

Paappana, nó Ceol Erkki Santanen

Bhí gléasra ceoil Erkki Santanen fágtha ina sheanáit, agus é ag breathnú réasúnta maith. Dá dteastódh uait dreas ceoil a dhéanamh, chaithfeá é a ghlanadh, ach ansin, ní bheadh de dhíth ach an phlocóid a shá isteach… Ach an raibh leictreachas ar fáil? Bhí, de réir chosúlachta. "Is é an Bardas a íocas as," arsa duine de na fir. Bhí sé féin ag obair don Bhardas, agus é tar éis cead a bhaint amach don chiorcal cairde le cuairt a thabhairt ar an áit. "Tá sé de pholasaí ag an mBardas solas a choinneáil ar fáil i dtithe tréigthe den chineál seo. Má théimid síos an staighre go dtí an siléar, is féidir linn na lampaí a lasadh thíos ansin. Ní bheimid i dtuilleamaí na dtóirsí leictreacha amháin."

"Cad é bhur mbarúil den aer istigh anseo?" a dúirt Robert i dtoibinne. "Shílfeá go mbeimis tachta cheana ag an dusta, ach ní mar sin atá. Thairis sin, tá siorradh beag istigh anseo, díreach mar a bheadh gléas aerála ag obair, ach ní airím torann meaisín ar bith. Agus nach dóigh libhse go bhfuil boladh an tsiléir san aer seo?"

D'aontaigh an chuid eile acu. Bhí an siorradh ag teacht aníos ón siléar. Tháinig an cinneadh acu ina n-ainneoin féin dul síos an staighre agus an siléar a chuardach, rud a rinne siad gan mhoill. Thíos ansin dóibh las siad an lampa, nó an bolgán nocht, a bhí crochta den tsíleáil le sreang leictreachais agus chaith siad tamall ag baint lán a súl as na ballaí bána bochta.

Ansin, lig fear an Bhardais béic bheag as. Nuair a thiontaigh an chuid eile acu ina leith, bhí sé mílítheach le teann scanraidh, agus é ag díriú mhéar thosaigh a dheasóige uaidh. An chuid eile acu, nuair a d'amharc siad an bealach sin, d'aithin siad go raibh an staighre ag leanúint leis síos go hurlár eile faoi bhun an tsiléir seo. Dhá urlár faoin talamh? Ní raibh súil ag aon duine leis. Níor chuimhin le haon duine acu ó laethanta an chlub go mbeadh a leithéid ann.

Bhí an siorradh ní ba láidre thíos anseo, agus mhothaigh na fir ag séideadh tríd an staighre ón íochtar é. Bhí fuacht ann, fuacht aisteach a chuaigh go smior ionat—fuacht a bhí i bhfad ní ba chreathnaí, ní b'fheanntaí ná an ghnáthchonáil, fuacht nach raibh inaitheanta ag an teirmiméadar.

Agus nuair a thuirling siad ar an urlár faoi bhun an tsiléir, thosaigh an tuiscint ag teacht acu. Bhí leagan amach an tseomra seo cosúil leis an siléar, ach ní raibh lampa ann, ná fiú bolgán nocht. Ní raibh gá leis, nó bhí solas fuar gorm ag teacht ón mballa ab fhaide a bhí suite ón staighre. Bhí an balla ag breo ar fad leis an solas seo, agus nuair a chuaigh siad i dtreo an bhalla, d'aithin siad nach balla a bhí ann ach cuirtín agus é á chroitheadh ag soinneán beag gaoithe.

Tharraing Robert an cuirtín i leataobh, agus nuair a chonaic na fir á leathadh rompu a raibh ar an taobh eile, tuigeadh dóibh gurbh anseo a fuair Erkki Santanen an inspioráid don chineál nua ceoil a bhí sé ag iarraidh a chumadh.

Is éard a bhí ann ná cineál spás, spéir nó ollchruinne eile, agus í ar barr lasrach leis an mbreo gorm. Os comhair an chúlra sin, áfach, chonaic na fir reanna neimhe nó pláinéid ar foluain san fholús, agus iad ag cur na dathanna díobh mar a bheadh bogha báistí ann. Bhí na pláinéid seo ag dul trasna na spéire go maorga malltriallach. Uaireanta, chuaigh beirt acu chomh cóngarach dá chéile is go rithfeadh leat gur im-

bhualadh a bheadh ann. Ní raibh, áfach, nó ní dhéan-
fadh an dá phláinéad ach dul isteach ina chéile, agus
sin go séimh, go dtí nach raibh ann ach aon cheann
amháin, ní ba mhó ná an dá cheann a bhí ann roimhe
sin. Agus de réir mar a chuaigh a súile i dtaithí an
radhairc iontaigh seo, chuala na fir ceol de chineál nua,
ceol a chuir draíocht ar gach mac máthar acu. B'in é
ceol Erkki Santanen, nó an cineál ceoil a theastaigh ó
Erkki a athchruthú ar a chuid ionstraimí. Agus nuair
a fuair an ceol seo seilbh ar d'intinn, ní scaoilfeadh sé
a ghreim choíche.

Duine i ndiaidh a chéile chuaigh na fir thar tairseach
amach: thréig siad an seomra taobh thíos den tsiléar
lena bhfoluain féin a dhéanamh sa spás ghorm. Ní
raibh an dara rogha fágtha acu pé scéal é. Nó nuair a
chaith fear an Bhardais súil thar a ghualainn, chonaic
sé go raibh an staighre imithe.